MAGASIN

THÉATRAL,

CHEFS-D'ŒUVRE DU THÉATRE-FRANÇAIS.

ANDROMAQUE,

Tragédie en cinq actes et en vers.

PARIS.

MARCHANT, ÉDITEUR, BOULEVART SAINT-MARTIN, 12.

BRUXELLES.

A LA LIBRAIRIE BELGE-FRANÇAISE, MONTAGNE DE LA COUR, 26.

1839

ACTE V, SCÈNE III.

ANDROMAQUE,

TRAGÉDIE EN CINQ ACTES,

de Racine,

REPRÉSENTÉE, POUR LA PREMIÈRE FOIS, SUR LE THÉATRE DE L'HOTEL DE BOURGOGNE, PAR LA TROUPE ROYALE, EN NOVEMBRE 1667.

PERSONNAGES.

PYRRHUS, fils d'Achille, roi d'Épire.
ORESTE, fils d'Agamemnon.
PYLADE, ami d'Oreste.
PHOENIX, gouverneur d'Achille et ensuite de Pyrrhus.
ANDROMAQUE, veuve d'Hector, captive de Pyrrhus.

PERSONNAGES.

HERMIONE, fille d'Hélène, accordée avec Pyrrhus.
CÉPHISE, confidente d'Andromaque.
CLÉONE, confidente d'Hermione.
SUITE DE PYRRHUS.
SUITE D'ORESTE.

La scène se passe à Buthrote, ville d'Épire, dans une salle du palais de Pyrrhus.

ACTE PREMIER.

SCENE PREMIERE.

ORESTE, PYLADE.

ORESTE.

Oui, puisque je retrouve un ami si fidèle,
Ma fortune va prendre une face nouvelle;
Et déjà son courroux semble s'être adouci,
Depuis qu'elle a pris soin de nous rejoindre ici.
Qui l'eût dit, qu'un rivage à mes vœux si funeste
Présenterait d'abord Pylade aux yeux d'Oreste?
Qu'après plus de six mois que je t'avais perdu,
A la cour de Pyrrhus tu me serais rendu?

PYLADE.

J'en rends grâces au ciel, qui, m'arrêtant sans cesse,
Semblait m'avoir fermé le chemin de la Grèce,
Depuis le jour fatal que la fureur des eaux,
Presque aux yeux de l'Épire, écarta nos vaisseaux.
Combien dans cet exil ai-je souffert d'alarmes?
Combien à vos malheurs ai-je donné de larmes?
Craignant toujours pour vous quelque nouveau danger
Que ma triste amitié ne pouvait partager;
Surtout je redoutais cette mélancolie
Où j'ai vu si long-temps votre ame ensevelie.
Je craignais que le ciel, par un cruel secours,
Ne nous offrît la mort que vous cherchiez toujours.

Mais je vous vois, seigneur; et, si j'ose le dire,
Un destin plus heureux vous conduit en Épire;
Le pompeux appareil qui suit ici vos pas,
N'est point d'un malheureux qui cherche le trépas.

ORESTE.

Hélas! qui peut savoir le destin qui m'amène?
L'amour me fait ici chercher une inhumaine;
Mais qui sait ce qu'il doit ordonner de mon sort,
Et si je viens chercher ou la vie ou la mort?

PYLADE.

Quoi! votre ame, à l'amour en esclave asservie,
Se repose sur lui du soin de votre vie!
Par quel charme, oubliant tant de tourmens soufferts,
Pouvez-vous consentir à rentrer dans ses fers?
Pensez-vous qu'Hermione, à Sparte inexorable,
Vous prépare en Épire un sort plus favorable?
Honteux d'avoir poussé tant de vœux superflus,
Vous l'abhorriez. Enfin, vous ne m'en parliez plus.
Vous me trompiez, seigneur.

ORESTE.

Je me trompais moi-même.
Ami, n'accable point un malheureux qui t'aime.
T'ai-je jamais caché mon cœur et mes désirs?
Tu vis naître ma flamme et mes premiers soupirs.
Enfin, quand Ménélas disposa de sa fille
En faveur de Pyrrhus, vengeur de sa famille,
Tu vis mon désespoir; et tu m'as vu depuis
Traîner de mers en mers ma chaîne et mes ennuis.
Je te vis à regret, en cet état funeste,
Prêt à suivre partout le déplorable Oreste,
Toujours de ma fureur interrompre le cours,
Et de moi-même enfin me sauver tous les jours.
Mais quand je me souviens que parmi tant d'alarmes,
Hermione à Pyrrhus prodiguait tous ses charmes,
Tu sais de quel courroux mon cœur alors épris,
Voulut, en l'oubliant, punir tous ses mépris.
Je fis croire, et je crus ma victoire certaine.
Je pris tous mes transports pour des transports de haine;
Détestant ses rigueurs, rabaissant ses attraits,
Je défiais ses yeux de me troubler jamais.
Voilà comme je crus étouffer ma tendresse.
En ce calme trompeur j'arrivai dans la Grèce;
Et je trouvai d'abord ses princes rassemblés,
Qu'un péril assez grand semblait avoir troublés.
J'y courus. Je pensai que la guerre et la gloire
De soins plus importans rempliraient ma mémoire;
Que mes sens reprenant leur première vigueur,
L'amour achèverait de sortir de mon cœur.
Mais admire avec moi le sort dont la poursuite
Me fait courir alors au piége que j'évite.
J'entends de tous côtés qu'on menace Pyrrhus.
Toute la Grèce éclate en murmures confus.
On se plaint qu'oubliant son sang et sa promesse,
Il élève en sa cour l'ennemi de la Grèce,
Astyanax, d'Hector jeune et malheureux fils,
Reste de tant de rois sous Troie ensevelis.
J'apprends que pour ravir son enfance au supplice,
Andromaque trompa l'ingénieux Ulysse,
Tandis qu'un autre enfant, arraché de ses bras,
Sous le nom de son fils fut conduit au trépas.
On dit que, peu sensible aux charmes d'Hermione,
Mon rival porte ailleurs son cœur et sa couronne.
Ménélas, sans le croire, en paraît affligé,
Et se plaint d'un hymen si long-temps négligé.
Parmi les déplaisirs où son ame se noie,
Il s'élève en la mienne une secrète joie.
Je triomphe; et pourtant je me flatte d'abord
Que la seule vengeance excite ce transport.
Mais l'ingrate en mon cœur reprit bientôt sa place;
De mes feux mal éteints je reconnus la trace;
Je sentis que ma haine allait finir son cours,
Ou plutôt je sentis que je l'aimais toujours.
Ainsi de tous les Grecs je brigue le suffrage.
On m'envoie à Pyrrhus. J'entreprends ce voyage.
Je viens voir si l'on peut arracher de ses bras
Cet enfant dont la vie alarme tant d'états.
Heureux si je pouvais, dans l'ardeur qui me presse,
Au lieu d'Astyanax, lui ravir ma princesse!
Car enfin, n'attends pas que mes feux redoublés
Des périls les plus grands puissent être troublés.
Puisqu'après tant d'efforts ma résistance est vaine,
Je me livre en aveugle au transport qui m'entraîne.
J'aime, je viens chercher Hermione en ces lieux;
La fléchir, l'enlever ou mourir à ses yeux.
Toi, qui connais Pyrrhus, que penses-tu qu'il fasse?
Dans sa cour, dans son cœur, dis-moi ce qui se passe.
Mon Hermione encor le tient-elle asservi?
Me rendra-t-il, Pylade, un bien qu'il m'a ravi?

PYLADE.

Je vous abuserais, si j'osais vous promettre
Qu'entre vos mains, seigneur, il voulût la remettre.
Non que de sa conquête il paraisse flatté:
Pour la veuve d'Hector ses vœux ont éclaté;
Il l'aime. Mais enfin, cette veuve inhumaine
N'a payé jusqu'ici son amour que de haine,
Et chaque jour encore on lui voit tout tenter
Pour fléchir sa captive ou pour l'épouvanter.
De son fils qu'il lui cache il menace la tête,
Et fait couler des pleurs qu'aussitôt il arrête.
Hermione elle-même a vu plus de cent fois
Cet amant irrité revenir sous ses lois;
Et, de ses vœux troublés lui rapportant l'hommage,
Soupirer à ses pieds, moins d'amour que de rage.
Ainsi n'attendez pas que l'on puisse aujourd'hui
Vous répondre d'un cœur si peu maître de lui.
Il peut, seigneur, il peut, dans ce désordre extrême,
Épouser ce qu'il hait et perdre ce qu'il aime.

ORESTE.

Mais, dis-moi de quel œil Hermione peut voir
Son hymen différé, ses charmes sans pouvoir.

PYLADE.

Hermione, seigneur, au moins en apparence,
Semble de son amant dédaigner l'inconstance;
Et croit que, trop heureux de fléchir sa rigueur,
Il la viendra presser de reprendre son cœur.
Mais je l'ai vue enfin me confier ses larmes:
Elle pleure en secret le mépris de ses charmes.
Toujours prête à partir, et demeurant toujours,
Quelquefois elle appelle Oreste à son secours.

ORESTE.

Ah! si je le croyais, j'irais bientôt, Pylade,
Me jeter...

PYLADE.

Achevez, seigneur, votre ambassade.
Vous attendez le roi. Parlez, et lui montrez
Contre le fils d'Hector tous les Grecs conjurés.
Loin de leur accorder ce fils de sa maîtresse,
Leur haine ne fera qu'irriter sa tendresse.

Plus on les veut brouiller, plus on va les unir.
Pressez, demandez tout pour ne rien obtenir.
Il vient.

ORESTE.

Hé bien! va donc disposer la cruelle
A revoir un amant qui ne vient que pour elle.

SCENE II.

PYRRHUS, ORESTE, PHOENIX, SUITE DE PYRRHUS, *dans le fond.*

ORESTE.

Avant que tous les Grecs vous parlent par ma voix,
Souffrez que j'ose ici me flatter de leur choix,
Et qu'à vos yeux, seigneur, je montre quelque joie
De voir le fils d'Achille et le vainqueur de Troie.
Oui, comme ses exploits, nous admirons vos coups.
Hector tomba sous lui, Troie expira sous vous;
Et vous avez montré, par une heureuse audace,
Que le seul fils d'Achille a pu remplir sa place.
Mais ce qu'il n'eût point fait, la Grèce, avec douleur,
Vous voit du sang troyen relever le malheur;
Et, vous laissant toucher d'une pitié funeste,
D'une guerre si longue entretenir le reste.
Ne vous souvient-il plus, seigneur, quel fut Hector?
Nos peuples affaiblis s'en souviennent encor:
Son nom seul fait frémir nos veuves et nos filles,
Et dans toute la Grèce il n'est point de familles
Qui ne demandent compte à ce malheureux fils
D'un père ou d'un époux qu'Hector leur a ravis.
Et qui sait ce qu'un jour ce fils peut entreprendre?
Peut-être dans nos ports nous le verrons descendre,
Tel qu'on a vu son père, embraser nos vaisseaux,
Et, la flamme à la main, les suivre sur les eaux.
Oserai-je, seigneur, dire ce que je pense?
Vous-même, de vos soins craignez la récompense;
Et que dans votre sein ce serpent élevé
Ne vous punisse un jour de l'avoir conservé.
Enfin, de tous les Grecs satisfaites l'envie,
Assurez leur vengeance, assurez votre vie.
Perdez un ennemi d'autant plus dangereux,
Qu'il s'essaira sur vous à combattre contre eux.

PYRRHUS.

La Grèce en ma faveur est trop inquiétée.
De soins plus importans je l'ai crue agitée,
Seigneur; et sur le nom de son ambassadeur
J'avais dans ses projets conçu plus de grandeur.
Qui croirait, en effet, qu'une telle entreprise
Du fils d'Agamemnon méritât l'entremise?
Qu'un peuple tout entier, tant de fois triomphant,
N'eût daigné conspirer que la mort d'un enfant?
Mais à qui prétend-on que je le sacrifie?
La Grèce a-t-elle encor quelque droit sur sa vie?
Et, seul de tous les Grecs, ne m'est-il pas permis
D'ordonner d'un captif que le sort m'a soumis?
Oui, seigneur, lorsqu'au pied des murs fumans de Troie,
Les vainqueurs tout sanglans partagèrent leur proie,
Le sort, dont les arrêts furent alors suivis,
Fit tomber en mes mains Andromaque et son fils.
Hécube près d'Ulysse acheva sa misère.
Cassandre dans Argos a suivi votre père.
Sur eux, sur leurs captifs, ai-je étendu mes droits?
Ai-je enfin disposé du fruit de leurs exploits?
On crain, qu'avec Hector Troie un jour ne renaisse;
Son fils peut me ravir le jour que je lui laisse.
Seigneur, tant de prudence entraîne trop de soin.
Je ne sais pas prévoir les malheurs de si loin.
Je songe quelle était autrefois cette ville,
Si superbe en remparts, en héros si fertile,
Maîtresse de l'Asie, et je regarde enfin
Quel fut le sort de Troie et quel est son destin.
Je ne vois que des tours que la cendre a couvertes,
Un fleuve teint de sang, des campagnes désertes,
Un enfant dans les fers, et je ne puis songer
Que Troie, en cet état, aspire à se venger.
Ah! si du fils d'Hector la perte était jurée,
Pourquoi d'un an entier l'avons-nous différée?
Dans le sein de Priam n'a-t-on pu l'immoler?
Sous tant de morts, sous Troie il fallait l'accabler;
Tout était juste alors: la vieillesse et l'enfance
En vain sur leur faiblesse appuyaient leur défense.
La victoire et la nuit, plus cruelles que nous,
Nous excitaient au meurtre et confondaient nos coups.
Mon courroux aux vaincus ne fut que trop sévère.
Mais que ma cruauté survive à ma colère,
Que, malgré la pitié dont je me sens saisir,
Dans le sang d'un enfant je me baigne à loisir?
Non, seigneur. Que les Grecs cherchent quelque autre [proie,
Qu'ils poursuivent ailleurs ce qui reste de Troie:
De mes inimitiés le cours est achevé;
L'Épire sauvera ce que Troie a sauvé.

ORESTE.

Seigneur, vous savez trop avec quel artifice
Un faux Astyanax fut offert au supplice
Où le seul fils d'Hector devait être conduit.
Ce n'est pas les Troyens, c'est Hector qu'on poursuit.
Oui, les Grecs sur le fils persécutent le père.
Il a, par trop de sang, acheté leur colère.
Ce n'est que dans le sien qu'elle peut expirer,
Et jusque dans l'Épire il les peut attirer.
Prévenez-les.

PYRRHUS.

Non, non. J'y consens avec joie.
Qu'ils cherchent dans l'Épire une seconde Troie,
Qu'ils confondent leur haine, et ne distinguent plus
Le sang qui les fit vaincre et celui des vaincus.
Aussi bien n'est-ce pas la première injustice
Dont la Grèce d'Achille a payé le service.
Hector en profita, seigneur, et, quelque jour,
Son fils en pourrait bien profiter à son tour.

ORESTE.

Ainsi, la Grèce en vous trouve un enfant rebelle?

PYRRHUS.

Et je n'ai donc vaincu que pour dépendre d'elle?

ORESTE.

Hermione, seigneur, arrêtera vos coups:
Ses yeux s'opposeront entre son père et vous.

PYRRHUS.

Hermione, seigneur, peut m'être toujours chère;
Je puis l'aimer sans être esclave de son père:
Et je saurai peut-être accorder quelque jour
Les soins de ma grandeur et ceux de mon amour.
Vous pouvez cependant voir la fille d'Hélène.
Du sang qui vous unit je sais l'étroite chaîne.

Après cela, seigneur, je ne vous retiens plus ;
Et vous pourrez aux Grecs annoncer mon refus.

Oreste et Pylade sortent.

SCENE III.

PYRRHUS, PHOENIX, SUITE DE PYRRHUS, *dans le fond.*

PHOENIX.

Ainsi vous l'envoyez aux pieds de sa maîtresse ?

PYRRHUS.

On dit qu'il a long-temps brûlé pour la princesse.

PHOENIX.

Mais si ce feu, seigneur, vient à se rallumer,
S'il lui rendait son cœur ? s'il s'en faisait aimer ?

PYRRHUS.

Ah! qu'ils s'aiment, Phœnix ! J'y consens, qu'elle parte!
Que, charmés l'un de l'autre, ils retournent à Sparte.
Tous nos ports sont ouverts et pour elle et pour lui.
Qu'elle m'épargnerait de contrainte et d'ennui!

PHOENIX.

Seigneur!

PYRRHUS.

Une autre fois je t'ouvrirai mon ame ;
Andromaque paraît.

SCENE IV.

CÉPHISE, ANDROMAQUE, PYRRHUS, PHOENIX, SUITE DE PYRRHUS, *dans le fond.*

PYRRHUS.

Me cherchiez-vous, madame ?
Un espoir si charmant me serait-il permis ?

ANDROMAQUE.

Je passais jusqu'aux lieux où l'on garde mon fils.
Puisqu'une fois le jour vous souffrez que je voie
Le seul bien qui me reste et d'Hector et de Troie,
J'allais, seigneur, pleurer un moment avec lui ;
Je ne l'ai point encore embrassé d'aujourd'hui.

PYRRHUS.

Ah ! madame, les Grecs, si j'en crois leurs alarmes,
Vous donneront bientôt d'autres sujets de larmes.

ANDROMAQUE.

Et quelle est cette peur dont leur cœur est frappé,
Seigneur ? Quelque Troyen vous est-il échappé ?

PYRRHUS.

Leur haine pour Hector n'est pas encore éteinte,
Ils redoutent son fils.

ANDROMAQUE.

Digne objet de leur crainte !
Un enfant malheureux, qui ne sait pas encor
Que Pyrrhus est son maître et qu'il est fils d'Hector.

PYRRHUS.

Tel qu'il est, tous les Grecs demandent qu'il périsse ;
Le fils d'Agamemnon vient hâter son supplice.

ANDROMAQUE.

Et vous prononcerez un arrêt si cruel ?
Est-ce mon intérêt qui le rend criminel ?
Hélas ! on ne craint point qu'il venge un jour son père ;
On craint qu'il n'essuyât les larmes de sa mère.
Il m'aurait tenu lieu d'un père et d'un époux ;
Mais il me faut tout perdre et toujours par vos coups.

PYRRHUS.

Madame, mes refus ont prévenu vos larmes.
Tous les Grecs m'ont déjà menacé de leurs armes ;
Mais dussent-ils encore, en repassant les eaux,
Demander votre fils avec mille vaisseaux,
Coutât-il tout le sang qu'Hélène a fait répandre ;
Dussé-je, après dix ans, voir mon palais en cendre,
Je ne balance point, je vole à son secours,
Je défendrai sa vie aux dépens de mes jours.
Mais, parmi ces périls où je cours pour vous plaire,
Me refuserez-vous un regard moins sévère ?
Haï de tous les Grecs, pressé de tous côtés,
Me faudra-t-il combattre encor vos cruautés ?
Je vous offre mon bras. Puis-je espérer encore
Que vous accepterez un cœur qui vous adore ?
En combattant pour vous, me sera-t-il permis
De ne vous point compter parmi mes ennemis ?

ANDROMAQUE.

Seigneur, que dites-vous ? et que dira la Grèce ?
Faut-il qu'un si grand cœur montre tant de faiblesse?
Voulez-vous qu'un dessein si beau, si généreux,
Passe pour le transport d'un esprit amoureux ?
Captive, toujours triste, importune à moi-même,
Pouvez-vous souhaiter qu'Andromaque vous aime ?
Quels charmes ont pour vous des yeux infortunés,
Qu'à des pleurs éternels vous avez condamnés ?
Non, non, d'un ennemi respecter la misère,
Sauver des malheureux, rendre un fils à sa mère,
De cent peuples, pour lui, combattre la rigueur,
Sans me faire payer son salut de mon cœur,
Malgré moi, s'il le faut, lui donner un asile,
Seigneur, voilà des soins dignes du fils d'Achille.

PYRRHUS.

Hé quoi ! votre courroux n'a-t-il pas eu son cours ?
Peut-on haïr sans cesse ? et punit-on toujours ?
J'ai fait des malheureux, sans doute ; et la Phrygie
Cent fois de votre sang a vu ma main rougie.
Mais que vos yeux sur moi se sont bien exercés !
Qu'ils m'ont vendu bien cher les pleurs qu'ils ont versés!
De combien de remords m'ont-ils rendu la proie !
Je souffre tous les maux que j'ai faits devant Troie.
« Vaincu, chargé de fers, de regrets consumé,
» Brûlé de plus de feux que je n'en allumai,
» Tant de soins, tant de pleurs, tant d'ardeurs inquiètes!
» Hélas ! fus-je jamais si cruel que vous l'êtes ?
Mais enfin, tour à tour c'est assez nous punir.
Nos ennemis communs devraient nous réunir.
Madame, dites-moi seulement que j'espère,
Je vous rends votre fils et je lui sers de père.
Je l'instruirai moi-même à venger les Troyens.
J'irai punir les Grecs de vos maux et des miens.
Animé d'un regard, je puis tout entreprendre,
Votre Ilion encor peut sortir de sa cendre ;
Je puis, en moins de temps que les Grecs ne l'ont pris,
Dans ses murs relevés couronner votre fils.

ANDROMAQUE.

Seigneur, tant de grandeurs ne nous touchent plus guère :
Je les lui promettais tant qu'a vécu son père.
Non, vous n'espérez plus de nous revoir encor,
Sacrés murs que n'a pu conserver mon Hector !
A de moindres faveurs les malheureux prétendent ;

Seigneur, c'est un exil que mes pleurs vous demandent.
Souffrez que loin des Grecs, et même loin de vous,
J'aille cacher mon fils et pleurer mon époux.
Votre amour contre nous allume trop de haine.
Retournez, retournez à la fille d'Hélène.

PYRRHUS.

Et le puis-je, madame? Ah! que vous me gênez!
Comment lui rendre un cœur que vous me retenez?
Je sais que de mes vœux on lui promit l'empire,
Je sais que pour régner elle vint dans l'Épire;
Le sort vous y voulut l'une et l'autre amener;
Vous, pour porter des fers, elle, pour en donner.
Cependant ai-je pris quelque soin de lui plaire?
Et ne dirait-on pas, en voyant, au contraire,
Vos charmes tout-puissans et les siens dédaignés,
Qu'elle est ici captive et que vous y régnez?
Ah! qu'un seul des soupirs que mon cœur vous envoie,
S'il s'échappait vers elle, y porterait de joie!

ANDROMAQUE.

Et pourquoi vos soupirs seraient-ils repoussés?
Aurait-elle oublié vos services passés?
Troie, Hector, contre vous révoltent-ils son ame?
Aux cendres d'un époux doit-elle enfin sa flamme?
Et quel époux encore! Ah! souvenir cruel!
Sa mort seule a rendu votre père immortel:
Il doit au sang d'Hector tout l'éclat de ses armes,
Et vous n'êtes tous deux connus que par mes larmes.

PYRRHUS.

Hé bien! madame, hé bien! il faut vous obéir.
Il faut vous oublier ou plutôt vous haïr.
Oui, mes vœux ont trop loin poussé leur violence,
Pour ne plus s'arrêter que dans l'indifférence.
Songez-y bien. Il faut désormais que mon cœur,
S'il n'aime avec transport, haïsse avec fureur.
Je n'épargnerai rien dans ma juste colère;
Le fils me répondra des mépris de la mère;
La Grèce le demande, et je ne prétends pas
Mettre toujours ma gloire à sauver des ingrats.

ANDROMAQUE.

Hélas! il mourra donc! Il n'a pour sa défense
Que les pleurs de sa mère et que son innocence;
Et peut-être, après tout, en l'état où je suis,
Sa mort avancera la fin de mes ennuis.
Je prolongeais pour lui ma vie et ma misère;
Mais enfin, sur ses pas, j'irai revoir son père.
Ainsi, tous trois, seigneur, par vos soins réunis,
Nous vous...

PYRRHUS.

Allez, madame, allez voir votre fils.
Peut-être, en le voyant, votre amour plus timide
Ne prendra pas toujours sa colère pour guide.
Pour savoir nos destins, j'irai vous retrouver.
Madame, en l'embrassant, songez à le sauver.

FIN DU PREMIER ACTE.

ACTE DEUXIEME.

SCENE PREMIERE.

CLÉONE, HERMIONE.

HERMIONE.

Je fais ce que tu veux. Je consens qu'il me voie;
Je lui veux bien encore accorder cette joie:
Pylade va bientôt conduire ici ses pas;
Mais, si je m'en croyais, je ne le verrais pas.

CLÉONE.

Et qu'est-ce que sa vue a pour vous de funeste?
Madame, n'est-ce pas toujours le même Oreste,
Dont vous avez cent fois souhaité le retour,
Et dont vous regrettiez la constance et l'amour?

HERMIONE.

C'est cet amour, payé de trop d'ingratitude,
Qui me rend en ces lieux sa présence si rude.
Quelle honte pour moi! Quel triomphe pour lui
De voir mon infortune égaler son ennui!
Est-ce là, dira-t-il, cette fière Hermione?
Elle me dédaignait, un autre l'abandonne.
L'ingrate qui mettait son cœur à si haut prix,
Apprend donc à son tour à souffrir des mépris?
Ah! Dieux!

CLÉONE.

Ah! dissipez ces indignes alarmes.
Il a trop bien senti le pouvoir de vos charmes.
Vous croyez qu'un amant vienne vous insulter?
Il vous rapporte un cœur qu'il n'a pu vous ôter.
Mais vous ne dites point ce que vous mande un père.

HERMIONE.

Dans ses retardemens si Pyrrhus persévère,
A la mort du Troyen s'il ne veut consentir,
Mon père avec les Grecs m'ordonne de partir.

CLÉONE.

Hé bien, madame, hé bien! écoutez donc Oreste.
Pyrrhus a commencé, faites au moins le reste.
Pour bien faire, il faudrait que vous le prévinssiez.
Ne m'avez-vous pas dit que vous le haïssiez?

HERMIONE.

Si je le hais, Cléone! Il y va de ma gloire,
Après tant de bontés dont il perd la mémoire.
Lui qui me fut si cher et qui m'a pu trahir.
Ah! je l'ai trop aimé pour ne le point haïr!

CLÉONE.

Fuyez-le donc, madame, et puisqu'on vous adore...

HERMIONE.

Ah! laisse à ma fureur le temps de croître encore.
Contre mon ennemi laisse-moi m'assurer;
Cléone, avec horreur je m'en veux séparer.
Il n'y travaillera que trop bien, l'infidèle!

CLÉONE.

Quoi! vous en attendez quelque injure nouvelle?
Aimer une captive et l'aimer à vos yeux,
Tout cela n'a donc pu vous le rendre odieux?

Après ce qu'il a fait, que saurait-il donc faire ?
Il vous aurait déplu, s'il pouvait vous déplaire.

HERMIONE.

Pourquoi veux-tu, cruelle, irriter mes ennuis ?
Je crains de me connaître en l'état où je suis.
De tout ce que tu vois tâche de ne rien croire;
Crois que je n'aime plus, vante-moi ma victoire,
Crois que dans son dépit mon cœur est endurci,
Hélas! et s'il se peut, fais-le-moi croire aussi.
Tu veux que je le fuie... Eh bien! rien ne m'arrête.
Allons, n'envions plus son indigne conquête,
Que sur lui sa captive étende son pouvoir,
Fuyons... mais si l'ingrat rentrait dans son devoir;
Si la foi dans son cœur retrouvait quelque place,
S'il venait à mes pieds me demander sa grâce,
Si sous mes lois, amour, tu pouvais l'engager,
S'il voulait... Mais l'ingrat ne veut que m'outrager.
Demeurons toutefois pour troubler leur fortune.
Prenons quelque plaisir à leur être importune;
Ou le forçant de rompre un nœud si solennel,
Aux yeux de tous les Grecs rendons-le criminel.
J'ai déjà sur le fils attiré leur colère.
Je veux qu'on vienne encor lui demander la mère.
Rendons-lui les tourmens qu'elle me fait souffrir;
Qu'elle le perde ou bien qu'il la fasse périr.

CLÉONE.

Vous pensez que des yeux toujours ouverts aux larmes
Se plaisent à troubler le pouvoir de vos charmes?
Et qu'un cœur, accablé de tant de déplaisirs,
De son persécuteur ait brigué les soupirs ?
Voyez si sa douleur en paraît soulagée.
Pourquoi donc les chagrins où son ame est plongée?
Contre un amant qui plaît pourquoi tant de fierté ?

HERMIONE.

Hélas! pour mon malheur je l'ai trop écouté;
Je n'ai point du silence affecté le mystère :
Je croyais, sans péril, pouvoir être sincère;
Et, sans armer mes yeux d'un moment de rigueur,
Je n'ai, pour lui parler, consulté que mon cœur.
Et qui ne se serait comme moi déclarée
Sur la foi d'une amour si saintement jurée?
Me voyait-il de l'œil qu'il me voit aujourd'hui?
Tu t'en souviens encor, tout conspirait pour lui.
Ma famille vengée et les Grecs dans la joie,
Nos vaisseaux tout chargés des dépouilles de Troie,
Les exploits de son père, effacés par les siens,
Ses feux que je croyais plus ardens que les miens,
Mon cœur, toi-même enfin de sa gloire éblouie,
Avant qu'il me trahît, vous m'avez tous trahie.
Mais c'en est trop, Cléone, et quel que soit Pyrrhus,
Hermione est sensible, Oreste a des vertus :
Il sait aimer du moins et même sans qu'on l'aime;
Et peut-être il saura se faire aimer lui-même.
Allons. Qu'il vienne enfin.

SCENE II.

CLÉONE, HERMIONE, ORESTE.

CLÉONE.

Madame, le voici.

HERMIONE.

Ah! je ne croyais pas qu'il fût si près d'ici!

Cléone se retire au fond de la scène.

Le croirai-je, seigneur, qu'un reste de tendresse
Vous fasse ici chercher une triste princesse ?
Ou ne dois-je imputer qu'à votre seul devoir,
L'heureux empressement qui vous porte à me voir ?

ORESTE.

Tel est de mon amour l'aveuglement funeste;
Vous le savez, madame, et le destin d'Oreste
Est de venir sans cesse adorer vos attraits,
Et de jurer toujours qu'il n'y viendra jamais.
Je sais que vos regards vont rouvrir mes blessures;
Que tous mes pas vers vous sont autant de parjures;
Je le sais, j'en rougis; mais j'atteste les Dieux,
Témoins de la fureur de mes derniers adieux,
Que j'ai couru partout où ma perte certaine
Dégageait mes sermens et finissait ma peine.
J'ai mendié la mort chez les peuples cruels
Qui n'apaisaient leurs dieux que du sang des mortels;
Ils m'ont fermé leur temple, et ces peuples barbares
De mon sang prodigué sont devenus avares.
Enfin je viens à vous, et je me vois réduit
A chercher dans vos yeux une mort qui me fuit.
Mon désespoir n'attend que leur indifférence;
Ils n'ont qu'à m'interdire un reste d'espérance :
Ils n'ont, pour avancer cette mort où je cours,
Qu'à me dire une fois ce qu'ils m'ont dit toujours.
Voilà, depuis un an, le seul soin qui m'anime.
Madame, c'est à vous de prendre une victime
Que les Scythes auraient dérobée à vos coups,
Si j'en avais trouvé d'aussi cruels que vous.

HERMIONE.

Quittez, seigneur, quittez ce funeste langage.
A des soins plus pressans la Grèce vous engage.
Que parlez-vous du Scythe et de mes cruautés ?
Songez à tous ces rois que vous représentez.
Faut-il que d'un transport leur vengeance dépende ?
Est-ce le sang d'Oreste enfin qu'on vous demande ?
Dégagez-vous des soins dont vous êtes chargé.

ORESTE.

Les refus de Pyrrhus m'ont assez dégagé,
Madame; il me renvoie, et quelque autre puissance
Lui fait du fils d'Hector embrasser la défense.

HERMIONE.

L'infidèle!

ORESTE.

Ainsi donc, tout prêt à le quitter,
Sur mon propre destin je viens vous consulter.
Déjà même je crois entendre la réponse
Qu'en secret contre moi votre haine prononce.

HERMIONE.

Hé quoi! toujours injuste en vos tristes discours!
De mon inimitié vous plaindrez-vous toujours ?
Quelle est cette rigueur tant de fois alléguée ?
J'ai passé dans l'Épire où j'étais reléguée;
Mon père l'ordonnait. Mais qui sait si depuis,
Je n'ai point en secret partagé vos ennuis ?
Pensez-vous avoir seul éprouvé des alarmes ?
Que l'Épire jamais n'ait vu couler mes larmes ?
Enfin qui vous a dit que malgré mon devoir,
Je n'ai pas quelquefois souhaité de vous voir ?

ORESTE.

Souhaité de me voir! Ah! divine princesse...
Mais, de grâce, est-ce à moi que ce discours s'adresse?
Ouvrez vos yeux, songez qu'Oreste est devant vous;
Oreste si long-temps l'objet de leur courroux.

HERMIONE.

ui, c'est vous dont l'amour naissant avec leurs charmes,
ur apprit le premier le pouvoir de leurs armes;
ous, que mille vertus me forçaient d'estimer;
ous que j'ai plaint, enfin que je voudrais aimer.

ORESTE.

vous entends. Tel est mon partage funeste :
cœur est pour Pyrrhus et les vœux pour Oreste.

HERMIONE.

h! ne souhaitez pas le destin de Pyrrhus!
vous haïrais trop.

ORESTE.

Vous m'en aimeriez plus.
h! que vous me verriez d'un regard bien contraire!
ous me voulez aimer, et je ne puis vous plaire;
t, l'amour seul alors, se faisant obéir,
ous m'aimeriez, madame, en me voulant haïr.
Dieux! tant de respect, une amitié si tendre...
ue de raisons pour moi, si vous pouviez m'entendre!
ous seule pour Pyrrhus disputez aujourd'hui,
eut-être malgré vous, sans doute malgré lui;
ar enfin il vous hait. Son ame, ailleurs éprise,
'a plus...

HERMIONE.

Qui vous a dit, seigneur, qu'il me méprise?
es regards, ses discours vous l'ont-ils donc appris?
ugez-vous que ma vue inspire des mépris?
u'elle allume en un cœur des feux si peu durables?
eut-être d'autres yeux me sont plus favorables.

ORESTE.

oursuivez. Il est beau de m'insulter ainsi.
ruelle! c'est donc moi qui vous méprise ici?
os yeux n'ont pas assez éprouvé ma constance?
e suis donc un témoin de leur peu de puissance?
e les ai méprisés? Ah! qu'ils voudraient bien voir
Ion rival, comme moi, mépriser leur pouvoir!

HERMIONE.

ue m'importe, seigneur, sa haine ou sa tendresse!
llez contre un rebelle armer toute la Grèce;
apportez-lui le prix de sa rébellion,
u'on fasse de l'Épire un second Ilion.
llez. Après cela, direz-vous que je l'aime?

ORESTE.

Iadame, faites plus, et venez-y vous-même.
oulez-vous demeurer pour otage en ces lieux?
enez dans tous les cœurs faire parler vos yeux.
aisons de notre haine une commune attaque.

HERMIONE.

Iais, seigneur, cependant s'il épouse Andromaque?

ORESTE.

Hé, madame!

HERMIONE.

Songez quelle honte pour nous,
Si d'une Phrygienne il devenait l'époux!

ORESTE.

Et vous le haïssez? Avouez-le, madame,
L'amour n'est pas un feu qu'on renferme en une ame.
Tout nous trahit, la voix, le silence, les yeux;
Et les feux mal couverts n'en éclatent que mieux.

HERMIONE.

Seigneur, je le vois bien, votre ame prévenue
Répand sur mes discours le venin qui la tue;
Toujours dans mes raisons cherche quelque détour,
Et croit qu'en moi la haine est un effort d'amour.
Il faut donc m'expliquer: vous agirez ensuite.
Vous savez qu'en ces lieux mon devoir m'a conduite;
Mon devoir m'y retient, et je n'en puis partir,
Que mon père ou Pyrrhus ne m'en fasse sortir.
De la part de mon père * allez lui faire entendre
Que l'ennemi des Grecs ne peut être son gendre.
Du Troyen ou de moi faites-le décider;
Qu'il songe qui des deux il veut rendre ou garder.
Enfin, qu'il me renvoie, ou bien qu'il vous le livre.
Adieu. S'il y consent, je suis prête à vous suivre.

SCENE III.

ORESTE, *seul.*

Oui, oui, vous me suivrez, n'en doutez nullement,
Je vous réponds déjà de son consentement.
Je ne crains pas enfin que Pyrrhus la retienne;
Il n'a devant les yeux que sa chère Troyenne:
Tout autre objet le blesse, et peut-être aujourd'hui
Il n'attend qu'un prétexte à l'éloigner de lui.
Nous n'avons qu'à parler; c'en est fait! Quelle joie
D'enlever à l'Épire une si belle proie!
Sauve tout ce qui reste et de Troie et d'Hector,
Garde son fils, sa veuve, et mille autres encor,
Épire, c'est assez qu'Hermione rendue
Perde à jamais tes bords et ton prince de vue.

SCENE IV.

ORESTE, PYRRHUS, PHOENIX.

ORESTE.

Mais un heureux destin le conduit en ces lieux.
Parlons. A tant d'attraits, amour, ferme ses yeux.

PYRRHUS.

Je vous cherchais, seigneur. Un peu de violence
M'a fait de vos raisons combattre la puissance,
Je l'avoue; et depuis que je vous ai quitté,
J'en ai senti la force et connu l'équité.
J'ai songé comme vous qu'à la Grèce, à mon père,
A moi-même, en un mot, je devenais contraire,
Que je relevais Troie et rendais imparfait
Tout ce qu'a fait Achille et tout ce que j'ai fait.
Je ne condamne plus un courroux légitime;
Et l'on vous va, seigneur, livrer votre victime.

ORESTE.

Seigneur, par ce conseil prudent et rigoureux,
C'est acheter la paix du sang d'un malheureux.

PYRRHUS.

Oui; mais je veux, seigneur, l'assurer davantage.
D'une éternelle paix Hermione est le gage,
Je l'épouse. Il semblait qu'un spectacle si doux
N'attendît en ces lieux qu'un témoin tel que vous.
Vous y représentez tous les Grecs et son père,
Puisqu'en vous Ménélas voit revivre son frère.
Voyez-la donc. Allez. Dites-lui que demain
J'attends, avec la paix, son cœur de votre main.

* *Variante :*

Au nom de Ménélas, etc.

ORESTE, *à part.*

Ah! Dieux!

Il sort.

SCENE V.

PYRRHUS, PHOENIX.

PYRRHUS.

Hé bien! Phœnix, l'amour est-il le maître?
Tes yeux refusent-ils encor de me connaître?

PHOENIX.

Ah! je vous reconnais, et ce juste courroux,
Ainsi qu'à tous les Grecs, seigneur, vous rend à vous.
Ce n'est plus le jouet d'une flamme servile,
C'est Pyrrhus, c'est le fils et le rival d'Achille,
Que la gloire à la fin ramène sous ses lois;
Qui triomphe de Troie une seconde fois.

PYRRHUS.

Dis plutôt qu'aujourd'hui commence ma victoire.
D'aujourd'hui seulement je jouis de ma gloire;
Et mon cœur aussi fier que tu l'as vu soumis,
Croit avoir en l'amour vaincu mille ennemis.
Considère, Phœnix, les troubles que j'évite;
Quelle foule de maux l'amour traîne à sa suite!
Que d'amis, de devoirs j'allais sacrifier!
Quels périls!... Un regard m'eût tout fait oublier.
Tous les Grecs conjurés fondaient sur un rebelle:
Je trouvais du plaisir à me perdre pour elle.

PHOENIX.

Oui, je bénis, seigneur, l'heureuse cruauté
Qui vous rend...

PYRRHUS.

Tu l'as vu comme elle m'a traité?
Je pensais, en voyant sa tendresse alarmée,
Que son fils me la dût renvoyer désarmée.
J'allais voir le succès de ses embrassemens.
Je n'ai trouvé que pleurs mêlés d'emportemens.
Sa misère l'aigrit; et, toujours plus farouche,
Cent fois le nom d'Hector est sorti de sa bouche.
Vainement à son fils j'assurais mon secours:
« C'est Hector, disait-elle, en l'embrassant toujours:
» Voilà ses yeux, sa bouche, et déjà son audace;
» C'est lui-même; c'est toi, cher époux, que j'embrasse.»
Et quelle est sa pensée? attend-elle en ce jour
Que je lui laisse un fils pour nourrir son amour?

PHOENIX.

Sans doute, c'est le prix que vous gardait l'ingrate.
Mais laissez-la, seigneur.

PYRRHUS.

Je vois ce qui la flatte.
Sa beauté la rassure, et malgré mon courroux,
L'orgueilleuse m'attend encore à ses genoux,
Je la verrais aux miens, Phœnix, d'un œil tranquille.
Elle est veuve d'Hector, et je suis fils d'Achille,
Trop de haine sépare Andromaque et Pyrrhus.

PHOENIX.

Commencez donc, seigneur, à ne m'en parler plus.
Allez voir Hermione; et, content de lui plaire,
Oubliez à ses pieds jusqu'à votre colère.
Vous-même à cet hymen venez la disposer;
Est-ce sur un rival qu'il s'en faut reposer?
Il ne l'aime que trop.

PYRRHUS.

Crois-tu, si je l'épouse,
Qu'Andromaque en son cœur n'en sera pas jalouse?

PHOENIX.

Quoi! toujours Andromaque occupe votre esprit?
Que vous importe, ô Dieux! sa joie ou son dépit?
Quel charme, malgré vous, vers elle vous attire?

PYRRHUS.

Non, je n'ai pas bien dit tout ce qu'il faut lui dire.
Ma colère à ses yeux n'a paru qu'à demi.
Elle ignore à quel point je suis son ennemi.
Retournons-y. Je veux la braver à sa vue,
Et donner à ma haine une libre étendue.
Viens voir tous ses attraits, Phœnix, humiliés.
Allons.

PHOENIX.

Allez, seigneur, vous jeter à ses pieds.
Allez, en lui jurant que votre ame l'adore,
A de nouveaux mépris l'encourager encore.

PYRRHUS.

Je le vois bien, tu crois que, prêt à l'excuser,
Mon cœur court après elle et cherche à s'apaiser.

PHOENIX.

Vous aimez, c'est assez.

PYRRHUS.

Moi l'aimer! Une ingrate
Qui me hait d'autant plus que mon amour la flatte?
Sans parens, sans amis, sans espoir que sur moi,
Je puis perdre son fils, peut-être je le doi:
Étrangère... que dis-je? esclave dans l'Épire,
Je lui donne son fils, mon ame, mon empire;
Et je ne puis gagner dans son perfide cœur,
D'autre rang que celui de son persécuteur.
Non, non, je l'ai juré; ma vengeance est certaine;
Il faut bien une fois justifier sa haine:
J'abandonne son fils. Que de pleurs vont couler!
De quel nom sa douleur me va-t-elle appeler?
Quel spectacle pour elle aujourd'hui se dispose!
Elle en mourra, Phœnix, et j'en serai la cause;
C'est lui mettre moi-même un poignard dans le sein.

PHOENIX.

Et pourquoi donc en faire éclater le dessein?
Que ne consultiez-vous tantôt votre faiblesse?

PYRRHUS.

Je t'entends. Mais excuse un reste de tendresse.
Crains-tu pour ma colère un si faible combat?
D'un amour qui s'éteint c'est le dernier éclat.
Allons, à tes conseils, Phœnix, je m'abandonne.
Faut-il livrer son fils? faut-il voir Hermione?

PHOENIX.

Oui, voyez-la, seigneur; et, par des vœux soumis,
Protestez-lui...

PYRRHUS.

Faisons tout ce que j'ai promis.

FIN DU DEUXIÈME ACTE.

ACTE TROISIEME.

SCENE PREMIERE.

PYLADE, ORESTE.

PYLADE.

Modérez donc, seigneur, cette fureur extrême.
Je ne vous connais plus, vous n'êtes plus vous-même;
Souffrez...

ORESTE.

Non, tes conseils ne sont plus de saison,
Pylade; je suis las d'écouter la raison.
C'est traîner trop long-temps ma vie et mon supplice:
Il faut que je l'enlève ou bien que je périsse.
Le dessein en est pris, je le veux achever.
Oui, je le veux.

PYLADE.

Hé bien! il la faut enlever;
J'y consens. Mais songez cependant où vous êtes.
Que croira-t-on de vous, à voir ce que vous faites?
Dissimulez: calmez ce transport inquiet,
Commandez à vos yeux de garder le secret.
Ces gardes, cette cour, l'air qui nous environne,
Tout dépend de Pyrrhus, et surtout Hermione.
A ses regards surtout cachez votre courroux.
O Dieux! en cet état pourquoi la cherchiez-vous?

ORESTE.

Que sais-je? De moi-même étais-je alors le maître?
La fureur m'emportait, et je venais peut-être
Menacer à la fois l'ingrate et son amant.

PYLADE.

Et quel était le fruit de cet emportement?

ORESTE.

Et quelle ame, dis-moi, ne serait éperdue
Du coup dont ma raison vient d'être confondue?
Il épouse, dit-il, Hermione demain.
Il veut, pour m'honorer, la tenir de ma main.
Ah! plutôt cette main dans le sang du barbare!

PYLADE.

Vous l'accusez, seigneur, de ce destin bizarre*,
Cependant, tourmenté de ses propres desseins,
Il est peut-être à plaindre autant que je vous plains.

ORESTE.

Non, non, je le connais; mon désespoir le flatte.
Sans moi, sans mon amour il dédaignait l'ingrate;
Ses charmes jusque là n'avaient pu le toucher;
Le cruel ne la prend que pour me l'arracher.
Ah! Dieux! c'en était fait. Hermione gagnée
Pour jamais de sa vue allait être éloignée.
Son cœur, entre l'amour et le dépit confus,
Pour se donner à moi n'attendait qu'un refus.
Ses yeux s'ouvraient, Pylade; elle écoutait Oreste,
Lui parlait, le plaignait. Un mot eût fait le reste.

PYLADE.

Vous le croyez.

ORESTE.

Hé quoi! ce courroux enflammé
Contre un ingrat...

PYLADE.

Jamais il ne fut plus aimé.
Pensez-vous, quand Pyrrhus vous l'aurait accordée,
Qu'un prétexte tout prêt ne l'eût pas retardée?
M'en croirez-vous? Lassé de ses trompeurs attraits,
Au lieu de l'enlever, fuyez-la pour jamais.
Quoi! votre amour se veut charger d'une furie
Qui vous détestera, qui, toute votre vie,
Regrettant un hymen tout prêt à s'achever,
Voudra...

ORESTE.

C'est pour cela que je veux l'enlever.
Tout lui rirait, Pylade; et moi, pour mon partage,
Je n'emporterais donc qu'une inutile rage?
J'irais loin d'elle encor tâcher de l'oublier?
Non, non, à mes tourmens je veux l'associer.
C'est trop gémir tout seul, je suis las qu'on me plaigne;
Je prétends qu'à mon tour l'inhumaine me craigne,
Et que ses yeux cruels, à pleurer condamnés,
Me rendent tous les noms que je leur ai donnés.

PYLADE.

Voilà donc le succès qu'aura votre ambassade?
Oreste ravisseur!

ORESTE.

Et qu'importe, Pylade?
Quand nos états vengés jouiront de mes soins,
L'ingrate de mes pleurs jouira-t-elle moins?
Et que me servira que la Grèce m'admire
Tandis que je serai la fable de l'Épire?
Que veux-tu? Mais, s'il faut ne te rien déguiser,
Mon innocence enfin commence à me peser.
Je ne sais de tout temps quelle injuste puissance
Laisse le crime en paix et poursuit l'innocence.
De quelque part sur moi que je tourne les yeux,
Je ne vois que malheurs qui condamnent les Dieux.
Méritons leur courroux, justifions leur haine,
Et que le fruit du crime en précède la peine.
Mais toi, par quelle erreur veux-tu toujours sur toi
Détourner un courroux qui ne cherche que moi?
Assez et trop long-temps mon amitié t'accable;
Évite un malheureux, abandonne un coupable.
Cher Pylade, crois-moi, ta pitié te séduit.
Laisse-moi des périls dont j'attends tout le fruit.

* *Variante:*

Vous l'accusez, seigneur, de ce dessein bizarre.
Cependant, tourmenté de ses propres destins,

Porte aux Grecs cet enfant que Pyrrhus m'abandonne.
Va-t'en.

PYLADE.

Allons, seigneur, enlevons Hermione.
Au travers des périls un grand cœur se fait jour :
Que ne peut l'amitié conduite par l'amour ?
Allons de tous vos Grecs encourager le zèle,
Nos vaisseaux sont tout prêts, et le vent nous appelle.
Je sais de ce palais tous les détours obscurs :
Vous voyez que la mer en vient battre les murs,
Et cette nuit, sans peine, une secrète voie
Jusqu'en votre vaisseau conduira votre proie.

ORESTE.

J'abuse, cher ami, de ton trop d'amitié ;
Mais pardonne à des maux dont toi seul as pitié,
Excuse un malheureux qui perd tout ce qu'il aime,
Que tout le monde hait et qui se hait lui-même.
Que ne puis-je à mon tour dans un sort plus heureux...

PYLADE.

Dissimulez, seigneur, c'est tout ce que je veux.
Gardez qu'avant le coup votre dessein n'éclate,
Oubliez jusque là qu'Hermione est ingrate,
Oubliez votre amour. Elle vient ; je la voi.

ORESTE.

Va-t'en. Réponds-moi d'elle et je réponds de moi.

SCENE II.

ORESTE, HERMIONE, CLÉONE.

ORESTE.

Hé bien ! mes soins vous ont rendu votre conquête.
J'ai vu Pyrrhus, madame, et votre hymen s'apprête.

HERMIONE.

On le dit ; et de plus, on vient de m'assurer
Que vous ne me cherchiez que pour m'y préparer.

ORESTE.

Et votre ame à ses vœux ne sera point rebelle ?

HERMIONE.

Qui l'eût cru que Pyrrhus ne fût pas infidèle ?
Que sa flamme attendrait si tard pour éclater ?
Qu'il reviendrait à moi quand je l'allais quitter ?
Je veux croire avec vous qu'il redoute la Grèce,
Qu'il suit son intérêt plutôt que sa tendresse,
Que mes yeux sur votre ame étaient plus absolus.

ORESTE.

Non, madame, il vous aime, et je n'en doute plus.
Vos yeux ne font-ils pas tout ce qu'ils veulent faire ?
Et vous ne vouliez pas sans doute lui déplaire.

HERMIONE.

Mais que puis-je, seigneur ? On a promis ma foi.
Lui ravirai-je un bien qu'il ne tient pas de moi ?
L'amour ne règle pas le sort d'une princesse,
La gloire d'obéir est tout ce qu'on nous laisse.
Cependant je partais, et vous avez pu voir
Combien je relâchais pour vous de mon devoir.

ORESTE.

Ah ! que vous saviez bien, cruelle... Mais, madame,
Chacun peut à son choix disposer de son ame.
La vôtre était à vous. J'espérais; mais enfin
Vous l'avez pu donner sans me faire un larcin.
Je vous accuse aussi bien moins que la fortune.
Et pourquoi vous lasser d'une plainte importune ?
Tel est votre devoir, je l'avoue ; et le mien
Est de vous épargner un si triste entretien.

Il sort.

SCENE III.

HERMIONE, CLÉONE.

HERMIONE.

Attendais-tu, Cléone, un courroux si modeste ?

CLÉONE.

La douleur qui se tait n'en est que plus funeste.
Je le plains : d'autant plus qu'auteur de son ennui,
Le coup qui l'a perdu n'est parti que de lui.
Comptez depuis quel temps votre hymen se prépare.
Il a parlé, madame, et Pyrrhus se déclare.

HERMIONE.

Tu crois que Pyrrhus craint ? Et que craint-il encor ?
Des peuples qui, dix ans, ont fui devant Hector ?
Qui, cent fois effrayés de l'absence d'Achille,
Dans leurs vaisseaux brûlans ont cherché leur asile ;
Et qu'on verrait encor, sans l'appui de son fils,
Redemander Hélène aux Troyens impunis ?
Non, Cléone, il n'est point ennemi de lui-même :
Il veut tout ce qu'il fait ; et s'il m'épouse, il m'aime
Mais qu'Oreste, à son gré, m'impute ses douleurs,
N'avons-nous d'entretien que celui de ses pleurs ?
Pyrrhus revient à nous. Hé bien ! chère Cléone,
Conçois-tu les transports de l'heureuse Hermione ?
Sais-tu quel est Pyrrhus ? t'es-tu fait raconter
Le nombre des exploits... Mais qui peut les compter ?
Intrépide, et partout suivi de la victoire,
Charmant, fidèle, enfin rien ne manque à sa gloire,
Songe...

SCENE IV.

CLÉONE, HERMIONE, ANDROMAQUE, CÉPHISE.

CLÉONE.

Dissimulez. Votre rivale, en pleurs,
Vient à vos pieds sans doute apporter ses douleurs.

HERMIONE.

Dieux ! ne puis-je à ma joie abandonner mon ame !
Sortons. Que lui dirais-je ?

ANDROMAQUE.

Où fuyez-vous, madame ?
N'est-ce pas à vos yeux un spectacle assez doux
Que la veuve d'Hector pleurant à vos genoux ?
Je ne viens point ici, par de jalouses larmes,
Vous envier le cœur qui se rend à vos charmes :
Par une main cruelle, hélas, j'ai vu percer
Le seul où mes regards prétendaient s'adresser.
Ma flamme par Hector fut jadis allumée,
Avec lui dans la tombe elle s'est enfermée,
Mais il me reste un fils ; vous saurez quelque jour,
Madame, pour un fils jusqu'où va notre amour.
Mais vous ne saurez pas, du moins, je le souhaite,
En quel trouble mortel son intérêt nous jette,
Lorsque de tant de biens qui pouvaient nous flatter

C'est le seul qui nous reste, et qu'on veut nous l'ôter.
Hélas! lorsque, lassés de dix ans de misère,
Les Troyens en courroux menaçaient votre mère,
J'ai su de mon Hector lui procurer l'appui;
Vous pouvez sur Pyrrhus ce que j'ai pu sur lui.
Que craint-on d'un enfant qui survit à sa perte?
Laissez-moi le cacher en quelque île déserte.
Sur les soins de sa mère on peut s'en assurer;
Et mon fils avec moi n'apprendra qu'à pleurer.

HERMIONE.

Je conçois vos douleurs; mais un devoir austère,
Quand mon père a parlé, m'ordonne de me taire.
C'est lui qui de Pyrrhus fait agir le courroux.
S'il faut fléchir Pyrrhus, qui le peut mieux que vous?
Vos yeux assez long-temds ont régné sur son ame.
Faites-le prononcer, j'y souscrirai, madame.

SCENE V.

CÉPHISE, ANDROMAQUE.

ANDROMAQUE.

Quel mépris la cruelle attache à ses refus!

CÉPHISE.

Je croirais ses conseils et je verrais Pyrrhus.
Un regard confondrait Hermione et la Grèce...

SCENE VI.

CÉPHISE, ANDROMAQUE, PYRRHUS, PHOENIX.

CÉPHISE.

Mais lui-même il vous cherche.

PYRRHUS, *à Phœnix, dans le fond de la scène.*

Où donc est la princesse?
Ne m'avais-tu pas dit qu'elle était en ces lieux?

PHOENIX.

Je le croyais.

ANDROMAQUE, *à Céphise.*

Tu vois le pouvoir de mes yeux.

PYRRHUS.

Que dit-elle, Phœnix?

ANDROMAQUE.

Hélas! tout m'abandonne.

PHOENIX.

Allons, seigneur, marchons sur les pas d'Hermione.

CÉPHISE.

Qu'attendez-vous? Forcez ce silence obstiné.

ANDROMAQUE.

Il a promis mon fils.

CÉPHISE.

Il ne l'a pas donné.

ANDROMAQUE.

Non, non, j'ai beau pleurer, sa mort est résolue.

PYRRHUS.

Daigne-t-elle sur nous tourner au moins la vue?
Quel orgueil!

ANDROMAQUE.

Je ne fais que l'irriter encor.
Sortons.

PYRRHUS.

Allons aux Grecs livrer le fils d'Hector.

ANDROMAQUE, *se jetant aux pieds de Pyrrhus*.*

Ah! seigneur, arrêtez! Que prétendez-vous faire?
Si vous livrez le fils, livrez-leur donc la mère.
Vos sermens m'ont tantôt juré tant d'amitié;
Dieux, ne pourrai-je au moins toucher votre pitié**!
Sans espoir de pardon m'avez-vous condamnée?

PYRRHUS.

Phœnix vous le dira, ma parole est donnée.

ANDROMAQUE.

Vous qui braviez pour moi tant de périls divers!

PYRRHUS.

J'étais aveugle alors; mes yeux se sont ouverts.
Sa grâce à vos désirs pouvait être accordée;
Mais vous ne l'avez pas seulement demandée.
C'en est fait.

ANDROMAQUE.

Ah! seigneur, vous entendiez assez
Des soupirs qui craignaient de se voir repoussés.
Pardonnez à l'éclat d'une illustre fortune
Ce reste de fierté qui craint d'être importune.
Vous ne l'ignorez pas, Andromaque, sans vous,
N'aurait jamais d'un maître embrassé les genoux.

PYRRHUS.

Non, vous me haïssez; et, dans le fond de l'ame
Vous craignez de devoir quelque chose à ma flamme.
Ce fils même, ce fils, l'objet de tant de soins,
Si je l'avais sauvé, vous l'en aimeriez moins.
La haine, le mépris, contre moi tout s'assemble,
Vous me haïssez plus que tous les Grecs ensemble.
Jouissez à loisir d'un si noble courroux.
Allons, Phœnix!

ANDROMAQUE.

Allons rejoindre mon époux.

CÉPHISE.

Madame...

ANDROMAQUE.

Et que veux-tu que je lui dise encore?
Auteur de tous mes maux, crois-tu qu'il les ignore?
Seigneur, voyez l'état où vous me réduisez.
J'ai vu mon père mort et nos murs embrasés,
J'ai vu trancher les jours de ma famille entière,
Et mon époux sanglant traîné dans la poussière,
Son fils, seul avec moi, réservé pour les fers.
Mais que ne peut un fils? Je respire, je sers.
J'ai fait plus: je me suis quelquefois consolée
Qu'ici plutôt qu'ailleurs le sort m'eût exilée;
Qu'heureux dans son malheur, le fils de tant de rois,
Puisqu'il devait servir, fût tombé sous vos lois.
J'ai cru que sa prison deviendrait son asile.
Jadis Priam soumis fut respecté d'Achille;
J'attendais de son fils encor plus de bonté:
Pardonne, cher Hector, à ma crédulité.
Je n'ai pu soupçonner ton ennemi d'un crime;
Malgré lui-même, enfin, je l'ai cru magnanime.
Ah! s'il l'était assez pour nous laisser du moins
Au tombeau qu'à ta cendre ont élevé mes soins;
Et que, finissant là sa haine et nos misères,
Il ne séparât point des dépouilles si chères!

* *Céphise*, Andromaque, Pyrrhus, *Phœnix.*

** *Variante :*
Dieux! n'en reste-t-il pas du moins quelque pitié?

PYRRHUS.

Va m'attendre, Phœnix.

SCENE VII.

CÉPHISE, ANDROMAQUE, PYRRHUS.

PYRRHUS.

Madame, demeurez.
On peut vous rendre encor ce fils que vous pleurez.
Oui, je sens à regret qu'en excitant vos larmes,
Je ne fais contre moi que vous donner des armes.
Je croyais apporter plus de haine en ces lieux.
Mais, madame, du moins tournez vers moi les yeux,
Voyez si mes regards sont d'un juge sévère,
S'ils sont d'un ennemi qui cherche à vous déplaire.
Pourquoi me forcez-vous vous-même à vous trahir?
Au nom de votre fils, cessons de nous haïr.
A le sauver enfin c'est moi qui vous convie.
Faut-il que mes soupirs vous demandent sa vie?
Faut-il qu'en sa faveur j'embrasse vos genoux?
Pour la dernière fois, sauvez-le, sauvez-vous.
Je sais de quels sermens je romps pour vous les chaînes,
Combien je vais sur moi faire éclater de haines.
Je renvoie Hermione, et je mets sur son front,
Au lieu de ma couronne, un éternel affront;
Je vous conduis au temple où son hymen s'apprête,
Je vous ceins du bandeau préparé pour sa tête;
Mais ce n'est plus, madame, une offre à dédaigner,
Je vous le dis, il faut ou périr ou régner.
Mon cœur, désespéré d'un an d'ingratitude,
Ne peut plus de son sort souffrir l'incertitude:
C'est craindre, menacer et gémir trop long-temps;
Je meurs si je vous perds, mais je meurs si j'attends.
Songez-y, je vous laisse, et je viendrai vous prendre
Pour vous mener au temple où ce fils doit m'attendre;
Et là vous me verrez soumis ou furieux,
Vous couronner, madame, ou le perdre à vos yeux.

SCENE VIII.

CÉPHISE, ANDROMAQUE.

CÉPHISE.

Je vous l'avais prédit, qu'en dépit de la Grèce,
De votre sort encor vous seriez la maîtresse.

ANDROMAQUE.

Hélas! de quel effet tes discours sont suivis!
Il ne me restait plus qu'à condamner mon fils.

CÉPHISE.

Madame, à votre époux c'est être assez fidèle.
Trop de vertu pourrait vous rendre criminelle.
Lui-même il porterait votre ame à la douceur.

ANDROMAQUE.

Quoi! je lui donnerais Pyrrhus pour successeur?

CÉPHISE.

Ainsi le veut son fils que les Grecs vous ravissent.
Pensez-vous qu'après tout ses mânes en rougissent?
Qu'il méprisât, madame, un roi victorieux
Qui vous fait remonter au rang de vos aïeux, [lère,
Qui foule aux pieds, pour vous, vos vainqueurs en co-
Qui ne se souvient plus qu'Achille était son père?
Qui dément ses exploits et les rend superflus?

ANDROMAQUE.

Dois-je les oublier, s'il ne s'en souvient plus?
Dois-je oublier Hector privé de funérailles
Et traîné sans honneur autour de nos murailles?
Dois-je oublier son père à mes pieds renversé,
Ensanglantant l'autel qu'il tenait embrassé?
Songe, songe, Céphise, à cette nuit cruelle
Qui fut pour tout un peuple une nuit éternelle.
Figure-toi Pyrrhus, les yeux étincelans,
Entrant à la lueur de nos palais brûlans,
Sur tous mes frères morts se faisant un passage,
Et, de sang tout couvert, échauffant le carnage.
Songe aux cris des vainqueurs, songe aux cris des mou-
Dans la flamme étouffés, sous le fer expirans. [rans,
Peins-toi dans ces horreurs Andromaque éperdue.
Voilà comment Pyrrhus vint s'offrir à ma vue;
Voilà par quels exploits il sut se couronner;
Enfin, voilà l'époux que tu me veux donner.
Non, je ne serai point complice de ses crimes.
Qu'il nous prenne, s'il veut, pour dernières victimes.
Tous mes ressentimens lui seraient asservis!

CÉPHISE.

Hé bien! allons donc voir expirer votre fils,
On n'attend plus que vous. Vous frémissez, madame?

ANDROMAQUE.

Ah! de quel souvenir viens-tu frapper mon ame?
Quoi! Céphise, j'irais voir expirer encor
Ce fils, ma seule joie et l'image d'Hector?
Ce fils que de sa flamme il me laissa pour gage?
Hélas! je m'en souviens, le jour que son courage
Lui fit chercher Achille ou plutôt le trépas,
Il demanda son fils et le prit dans ses bras:
« Chère épouse, dit-il en essuyant mes larmes,
» J'ignore quel succès le sort garde à mes armes;
» Je te laisse mon fils pour gage de ma foi;
» S'il me perd, je prétends qu'il me retrouve en toi.
» Si d'un heureux hymen la mémoire t'est chère,
» Montre au fils à quel point tu chérissais le père.»
Et je puis voir répandre un sang si précieux?
Et je laisse avec lui périr tous ses aïeux?
Roi barbare! faut-il que mon crime l'entraîne?
Si je te hais, est-il coupable de ma haine?
T'a-t-il de tous les siens reproché le trépas?
S'est-il plaint à tes yeux des maux qu'il ne sent pas?
Mais cependant, mon fils, tu meurs si je n'arrête
Le fer que le cruel tient levé sur ta tête.
Je l'en puis détourner et je t'y vais offrir!
Non, tu ne mourras pas, je ne le puis souffrir.
Allons trouver Pyrrhus. Mais non, chère Céphise,
Va le trouver pour moi.

CÉPHISE.

Que faut-il que je dise?

ANDROMAQUE.

Dis-lui que de mon fils l'amour est assez fort...
Crois-tu que dans son cœur il ait juré sa mort?
L'amour peut-il si loin pousser sa barbarie?

CÉPHISE.

Madame, il va bientôt revenir en furie.

ANDROMAQUE.

Hé bien! va l'assurer...

CÉPHISE.

De quoi? de votre foi?

ANDROMAQUE.

Hélas! pour la promettre est-elle encore à moi?
O cendres d'un époux! ô Troyens! ô mon père!
O mon fils, que tes jours coûtent cher à ta mère!
Allons.

CÉPHISE.

Où donc, madame, et que résolvez-vous?

ANDROMAQUE.

Allons sur son tombeau consulter mon époux.

FIN DU TROISIÈME ACTE.

ACTE QUATRIEME.

SCENE PREMIERE.

CÉPHISE, ANDROMAQUE.

CÉPHISE.

Ah! je n'en doute point, c'est votre époux, madame,
C'est Hector qui produit ce miracle en votre ame.
Il veut que Troie encor se puisse relever,
Avec cet heureux fils qu'il vous fait conserver.
Pyrrhus vous l'a promis. Vous venez de l'entendre,
Madame; il n'attendait qu'un mot pour vous le rendre.
Croyez-en ses transports. Père, sceptre, alliés,
Content de votre cœur, il met tout à vos pieds.
Sur lui, sur tout son peuple il vous rend souveraine.
Est-ce là ce vainqueur digne de tant de haine?
Déjà, contre les Grecs plein d'un noble courroux,
Le soin de votre fils le touche autant que vous;
Il prévient leur fureur, il lui laisse sa garde;
Pour ne pas l'exposer, lui-même il se hasarde.
Mais tout s'apprête au temple, et vous avez promis...

ANDROMAQUE.

Oui, je m'y trouverai. Mais allons voir mon fils.

CÉPHISE.

Madame, qui vous presse? il suffit que sa vue
Désormais à vos yeux ne soit plus défendue.
Vous lui pourrez bientôt prodiguer vos bontés,
Et vos embrassemens ne seront plus comptés.
Quel plaisir d'élever un enfant qu'on voit croître,
Non plus comme un esclave élevé pour son maître,
Mais pour voir avec lui renaître tant de rois!

ANDROMAQUE.

Céphise, allons le voir pour la dernière fois.

CÉPHISE.

Que dites-vous? Ô Dieux!

ANDROMAQUE.

O ma chère Céphise,
Ce n'est point avec toi que mon cœur se déguise.
Ta foi dans mon malheur s'est montrée à mes yeux;
Mais j'ai cru qu'à mon tour tu me connaissais mieux.
Quoi donc, as-tu pensé qu'Andromaque infidèle
Pût trahir un époux qui croit revivre en elle;
Et que de tant de morts réveillant la douleur,
Le soin de mon repos me fit troubler le leur?
Est-ce là cette ardeur tant promise à sa cendre?
Mais son fils périssait, il l'a fallu défendre.
Pyrrhus, en m'épousant, s'en déclare l'appui;
Il suffit: je veux bien m'en reposer sur lui.
Je sais quel est Pyrrhus. Violent, mais sincère,
Céphise, il fera plus qu'il n'a promis de faire.
Sur le courroux des Grecs je m'en repose encor;
Leur haine va donner un père au fils d'Hector.
Je vais donc, puisqu'il faut que je me sacrifie,
Assurer à Pyrrhus le reste de ma vie.
Je vais, en recevant sa foi sur les autels,
L'engager à mon fils par des nœuds immortels.
Mais aussitôt ma main, à moi seule funeste,
D'une infidèle vie abrégera le reste,
Et, sauvant ma vertu, rendra ce que je doi
A Pyrrhus, à mon fils, à mon époux, à moi.
Voilà de mon amour l'innocent stratagème,
Voilà ce qu'un époux m'a commandé lui-même.
J'irai seule rejoindre Hector et mes aïeux.
Céphise, c'est à toi de me fermer les yeux.

CÉPHISE.

Ah! ne prétendez pas que je puisse survivre...

ANDROMAQUE.

Non, non, je te défends, Céphise, de me suivre.
Je confie à tes soins mon unique trésor;
Si tu vivais pour moi, vis pour le fils d'Hector.
De l'espoir des Troyens seule dépositaire,
Songe à combien de rois tu deviens nécessaire.
Veille auprès de Pyrrhus, fais-lui garder sa foi.
S'il le faut, je consens qu'on lui parle de moi.
Fais-lui valoir l'hymen où je me suis rangée,
Dis-lui qu'avant ma mort je lui fus engagée,
Que ses ressentimens doivent être effacés,
Qu'en lui laissant mon fils c'est l'estimer assez.
Fais connaître à mon fils les héros de sa race,
Autant que tu pourras, conduis-le sur leur trace.
Dis-lui par quels exploits leurs noms ont éclaté;
Plutôt ce qu'ils ont fait que ce qu'ils ont été.
Parle-lui tous les jours des vertus de son père,
Et quelquefois aussi parle-lui de sa mère.
Mais qu'il ne songe plus, Céphise, à nous venger:
Nous lui laissons un maître, il le doit ménager.
Qu'il ait de ses aïeux un souvenir modeste;
Il est du sang d'Hector, mais il en est le reste;
Et pour ce reste enfin, j'ai moi-même, en un jour,
Sacrifié mon sang, ma haine et mon amour.

CÉPHISE.

Hélas!

ANDROMAQUE.

Ne me suis point, si ton cœur en alarmes
Prévoit qu'il ne pourra commander à tes larmes.
On vient. Cache tes pleurs, Céphise, et souviens-toi
Que le sort d'Andromaque est commis à ta foi.
C'est Hermione. Allons, fuyons sa violence.

SCENE II.

CLÉONE, HERMIONE.

CLÉONE.

Non, je ne puis assez admirer ce silence.
Vous vous taisez, madame, et ce cruel mépris
N'a pas du moindre trouble agité vos esprits?
Vous soutenez en paix une si rude attaque,
Vous qu'on voyait frémir au seul nom d'Andromaque?
Vous qui, sans désespoir, ne pouviez endurer
Que Pyrrhus d'un regard la voulût honorer?
Il l'épouse. Il lui donne avec son diadème,
La foi que vous venez de recevoir vous-même,
Et votre bouche encor muette à tant d'ennui,
N'a pas daigné s'ouvrir pour se plaindre de lui?
Ah! que je crains, madame, un calme si funeste!
Et qu'il vaudrait bien mieux...

HERMIONE.

Fais-tu venir Oreste?

CLÉONE.

Il vient, madame, il vient, et vous pouvez juger
Que bientôt à vos pieds il allait se ranger,
Prêt à servir toujours sans espoir de salaire.
Vos yeux ne sont que trop assurés de lui plaire.

SCENE III.

CLÉONE, HERMIONE, ORESTE.

CLÉONE.

Mais il entre.

ORESTE.

Ah! madame, est-il vrai qu'une fois,
Oreste, en vous cherchant, obéisse à vos lois?
Ne m'a-t-on point flatté d'une fausse espérance?
Avez-vous en effet souhaité ma présence?
Croirai-je que vos yeux, à la fin désarmés,
Veulent...

HERMIONE.

Je veux savoir, seigneur, si vous m'aimez.

ORESTE.

Si je vous aime? O Dieux! mes sermens, mes parjures,
Ma fuite, mon retour, mes respects, mes injures,
Mon désespoir, mes yeux de pleurs toujours noyés,
Quels témoins croirez-vous, si vous ne les croyez?

HERMIONE.

Vengez-moi, je crois tout.

ORESTE.

Hé bien! allons, madame.
Mettons encore un coup toute la Grèce en flamme.
Prenons, en signalant mon bras et votre nom,
Vous la place d'Hélène, et moi d'Agamemnon.
De Troie en ce pays réveillons les misères,
Et qu'on parle de nous ainsi que de nos pères.
Partons, je suis tout prêt.

HERMIONE.

Non, seigneur, demeurons.
Je ne veux pas si loin porter de tels affronts.
Quoi! de mes ennemis couronnant l'insolence.
J'irais attendre ailleurs une lente vengeance,
Et je m'en remettrais au destin des combats,
Qui peut-être à la fin ne me vengerait pas?
Je veux qu'à mon départ toute l'Épire pleure.
Mais si vous me vengez, vengez-moi dans une heure.
Tous vos retardemens sont pour moi des refus.
Courez au temple. Il faut immoler...

ORESTE.

Qui?

HERMIONE.

Pyrrhus.

ORESTE.

Pyrrhus, madame?

HERMIONE.

Hé quoi! votre haine chancelle?
Ah! courez, et craignez que je ne vous rappelle.
N'alléguez pas des droits que je veux oublier.
Et ce n'est pas à vous à le justifier.

ORESTE.

Moi, je l'excuserais! Ah! vos bontés, madame,
Ont gravé trop avant ses crimes dans mon ame.
Vengeons-nous, j'y consens, mais par d'autres chemins.
Soyons ses ennemis et non ses assassins.
Faisons de sa ruine une juste conquête.
Quoi! pour réponse aux Grecs porterai-je sa tête?
Et n'ai-je pris sur moi le soin de tout l'état
Que pour m'en acquitter par un assassinat?
Souffrez, au nom des Dieux, que la Grèce s'explique.
Et qu'il meure chargé de la haine publique.
Souvenez-vous qu'il règne et qu'un front couronné...

HERMIONE.

Ne vous suffit-il pas que je l'ai condamné?
Ne vous suffit-il pas que ma gloire offensée
Demande une victime à moi seule adressée?
Qu'Hermione est le prix d'un tyran opprimé,
Que je le hais... enfin, seigneur, que je l'aimai?
Je ne m'en cache point. L'ingrat m'avait su plaire,
Soit qu'ainsi l'ordonnât mon amour ou mon père,
N'importe, mais enfin réglez-vous là-dessus.
Malgré mes vœux, seigneur, honteusement déçus,
Malgré la juste horreur que son crime me donne,
Tant qu'il vivra, craignez que je ne lui pardonne.
Doutez jusqu'à sa mort d'un courroux incertain;
S'il ne meurt aujourd'hui, je peux l'aimer demain.

ORESTE.

Hé bien! il faut le perdre et prévenir sa grâce,
Il faut... mais cependant que faut-il que je fasse?
Comment puis-je sitôt servir votre courroux?
Quel chemin jusqu'à lui peut conduire mes coups?
A peine suis-je encore arrivé dans l'Épire,
Vous voulez par mes mains renverser un empire.
Vous voulez qu'un roi meure, et pour son châtiment,
Vous ne donnez qu'un jour, qu'une heure, qu'un moment;
Aux yeux de tout son peuple il faut que je l'opprime,
Laissez-moi vers l'autel conduire ma victime.
Je ne m'en défends plus, et je ne veux qu'aller
Reconnaître la place où je dois l'immoler.
Cette nuit je vous sers, cette nuit je l'attaque.

HERMIONE.

Mais cependant ce jour il épouse Andromaque.
Dans le temple déjà le trône est élevé;
Ma honte est confirmée et son crime achevé.
Enfin qu'attendez-vous? il vous offre sa tête;
Sans gardes, sans défense il marche à cette fête.
Autour du fils d'Hector il les fait tous ranger,
Il s'abandonne au bras qui me voudra venger.
Voulez-vous, malgré lui, prendre soin de sa vie?
Armez, avec vos Grecs tous ceux qui m'ont suivie,
Soulevez vos amis, tous les miens sont à vous.
Il me trahit, vous trompe et nous méprise tous.
Mais quoi! déjà leur haine est égale à la mienne,
Elle épargne à regret l'époux d'une Troyenne!
Partez. Mon ennemi ne vous peut échapper,
Ou plutôt il ne faut que les laisser frapper.
Conduisez ou suivez une fureur si belle,
Revenez tout couvert du sang de l'infidèle;
Allez, en cet état soyez sûr de mon cœur.

ORESTE.

Mais, madame, songez...

HERMIONE.

Ah! c'en est trop, seigneur,
Tant de raisonnemens offensent ma colère.
J'ai voulu vous donner les moyens de me plaire,
Rendre Oreste content. Mais enfin je vois bien
Qu'il veut toujours se plaindre et ne mériter rien.
Partez, allez ailleurs vanter votre constance,
Et me laissez ici le soin de ma vengeance.
De mes lâches bontés mon courage est confus;
Et c'est trop en un jour essuyer de refus.
Je m'en vais seule au temple où leur hymen s'apprête,
Où vous n'osez aller mériter ma conquête;
Là, de mon ennemi je saurai m'approcher,
Je percerai le cœur que je n'ai pu toucher,
Et mes sanglantes mains, sur moi-même tournées,
Aussitôt, malgré lui, joindront nos destinées;
Et, tout ingrat qu'il est, il me sera plus doux
De mourir avec lui que de vivre avec vous.

ORESTE.

Non, je vous priverai de ce plaisir funeste,
Madame; il ne mourra que de la main d'Oreste.
Vos ennemis par moi vont vous être immolés;
Et vous reconnaîtrez mes soins, si vous voulez.

HERMIONE.

Allez. De votre sort laissez-moi la conduite,
Et que tous vos vaisseaux soient prêts pour notre fuite.

SCENE IV.

CLÉONE, HERMIONE.

CLÉONE.

Vous vous perdez, madame, et vous devez songer...

HERMIONE.

Que je me perde ou non, je songe à me venger.
Je ne sais même encor, quoi qu'il m'ait pu promettre,
Sur d'autres que sur moi si je dois m'en remettre.
Pyrrhus n'est pas coupable à ses yeux comme aux miens,
Et je tiendrais mes coups bien plus sûrs que les siens.
Quel plaisir de venger moi-même mon injure,
De retirer mon bras teint du sang du parjure,
Et, pour rendre sa peine et mes plaisirs plus grands,
De cacher ma rivale à ses regards mourans!
Ah! si du moins Oreste, en punissant son crime,
Lui laissait le regret de mourir ma victime!
Va le trouver, dis-lui qu'il apprenne à l'ingrat
Qu'on l'immole à ma haine et non pas à l'état.
Chère Cléone, cours, ma vengeance est perdue,
S'il ignore, en mourant, que c'est moi qui le tue.

CLÉONE.

Je vous obéirai. Mais qu'est-ce que je voi?
O Dieux! qui l'aurait cru, madame? c'est le roi.

HERMIONE.

Ah! cours après Oreste et dis-lui, ma Cléone,
Qu'il n'entreprenne rien sans revoir Hermione.

SCENE V.

HERMIONE, PYRRHUS, PHOENIX.

PYRRHUS.

Vous ne m'attendiez pas, madame, et je vois bien
Que mon abord ici trouble votre entretien.
Je ne viens point, armé d'un indigne artifice,
D'un voile d'équité couvrir mon injustice.
Il suffit que mon cœur me condamne tout bas,
Et je soutiendrais mal ce que je ne crois pas.
J'épouse une Troyenne. Oui, madame, et j'avoue
Que je vous ai promis la foi que je lui voue.
Un autre vous dirait que, dans les champs troyens,
Nos deux pères, sans nous, formèrent ces liens;
Et que, sans consulter ni mon choix ni le vôtre,
Nous fûmes sans amour engagés l'un à l'autre.
Mais c'est assez pour moi que je me sois soumis.
Par mes ambassadeurs mon cœur vous fut promis;
Loin de les révoquer, je voulus y souscrire.
Je vous vis avec eux arriver en Épire;
Et quoique d'un autre œil l'éclat victorieux
Eût déjà prévenu le pouvoir de vos yeux,
Je ne m'arrêtai point à cette ardeur nouvelle:
Je voulus m'obstiner à vous être fidèle.
Je vous reçus en reine, et, jusques à ce jour,
J'ai cru que mes sermens me tiendraient lieu d'amour.
Mais cet amour l'emporte, et, par un coup funeste,
Andromaque m'arrache un cœur qu'elle déteste.
L'un par l'autre entraînés, nous courons à l'autel
Nous jurer, malgré nous, un amour immortel.
Après cela, madame, éclatez contre un traître
Qui l'est avec douleur et qui pourtant veut l'être.
Pour moi, loin de contraindre un si juste courroux,
Il me soulagera peut-être autant que vous.
Donnez-moi tous les noms destinés aux parjures.
Je crains votre silence et non pas vos injures;
Et mon cœur, soulevant mille secrets témoins,
M'en dira d'autant plus que vous m'en direz moins.

HERMIONE.

Seigneur, dans cet aveu dépouillé d'artifice,
J'aime à voir que du moins vous vous rendiez justice;
Et que, voulant bien rompre un nœud si solennel,
Vous vous abandonniez au crime en criminel.
Est-il juste, après tout, qu'un conquérant s'abaisse
Sous la servile loi de tenir sa promesse?
Non, non, la perfidie a de quoi vous tenter;
Et vous ne me cherchez que pour vous en vanter.
Quoi! sans que ni serment, ni devoir vous retienne,

Rechercher une Grecque, amant d'une Troyenne;
Me quitter, me reprendre et retourner encor
De la fille d'Hélène à la veuve d'Hector;
Couronner tour à tour l'esclave et la princesse;
Immoler Troie aux Grecs, au fils d'Hector la Grèce;
Tout cela part d'un cœur toujours maître de soi,
D'un héros qui n'est point esclave de sa foi.
Pour plaire à votre épouse, il vous faudrait peut-être
Prodiguer les doux noms de parjure et de traître.
Vous veniez de mon front observer la pâleur,
Pour aller dans ses bras rire de ma douleur.
Pleurante après son char vous voulez qu'on me voie.
Mais, seigneur, en un jour ce serait trop de joie.
Et, sans chercher ailleurs des titres empruntés,
Ne vous suffit-il pas de ceux que vous portez?
Du vieux père d'Hector la valeur abattue
Aux pieds de sa famille expirante à sa vue,
Tandis que dans son sein votre bras enfoncé
Cherche un reste de sang que l'âge avait glacé;
Dans des ruisseaux de sang Troie ardente plongée;
De votre propre main Polyxène égorgée
Aux yeux de tous les Grecs indignés contre vous;
Que peut-on refuser à ces généreux coups?

PYRRHUS.

Madame, je sais trop à quel excès de rage
La vengeance d'Hélène emporta mon courage.
Je puis me plaindre à vous du sang que j'ai versé:
Mais enfin je consens d'oublier le passé.
Je rends grâces au ciel que votre indifférence
De mes heureux soupirs m'apprenne l'innocence.
Mon cœur, je le vois bien, trop prompt à se gêner,
Devait mieux vous connaître et mieux s'examiner.
Mes remords vous faisaient une injure mortelle;
Il faut se croire aimé pour se croire infidèle.
Vous ne prétendiez point m'arrêter dans vos fers.
Je crains de vous trahir, peut-être je vous sers.
Nos cœurs n'étaient point faits dépendans l'un de l'au-[tre:
Je suivais mon devoir, et vous cédiez au vôtre.
Rien ne vous engageait à m'aimer en effet.

HERMIONE.

Je ne t'ai point aimé, cruel? Qu'ai-je donc fait?
J'ai dédaigné pour toi les vœux de tous nos princes;
Je t'ai cherché moi-même au fond de tes provinces;
J'y suis encor, malgré tes infidélités,
Et malgré tous mes Grecs, honteux de mes bontés.
Je leur ai commandé de cacher mon injure;
J'attendais en secret le retour d'un parjure;
J'ai cru que tôt ou tard, à ton devoir rendu,
Tu me rapporterais un cœur qui m'était dû.
Je t'aimais inconstant, qu'aurais-je fait fidèle?
Et même, en ce moment où ta bouche cruelle
Vient si tranquillement m'annoncer le trépas,
Ingrat, je doute encor si je ne t'aime pas.
Mais, seigneur, s'il le faut, si le ciel en colère
Réserve à d'autres yeux la gloire de vous plaire,
Achevez votre hymen, j'y consens; mais du moins
Ne forcez pas mes yeux d'en être les témoins.
Pour la dernière fois je vous parle peut-être.
Différez-le d'un jour, demain vous serez maître.
Vous ne répondez point? Perfide, je le voi,
Tu comptes les momens que tu perds avec moi.
Ton cœur, impatient de revoir ta Troyenne,
Ne souffre qu'à regret qu'une autre t'entretienne.
Tu lui parles du cœur, tu la cherches des yeux.
Je ne te retiens plus, sauve-toi de ces lieux.
Va lui jurer la foi que tu m'avais jurée.
Va profaner des Dieux la majesté sacrée.
Ces Dieux, ces justes Dieux n'auront pas oublié
Que les mêmes sermens avec moi t'ont lié.
Porte aux pieds des autels ce cœur qui m'abandonne.
Va, cours; mais crains encor d'y trouver Hermione.

SCENE VI.

PYRRHUS, PHOENIX.

PHOENIX.

Seigneur, vous l'entendez. Gardez de négliger
Une amante en fureur qui cherche à se venger.
Elle n'est en ces lieux que trop bien appuyée;
La querelle des Grecs à la sienne est liée.
Oreste l'aime encore; et peut-être à ce prix...

PYRRHUS.

Andromaque m'attend. Phœnix, garde son fils.

FIN DU QUATRIÈME ACTE.

ACTE CINQUIEME.

SCENE PREMIERE.

HERMIONE, *seule.*

Où suis-je? qu'ai-je fait? que dois-je faire encore?
Quel transport me saisit? Quel chagrin me dévore?
Errante et sans dessein, je cours dans ce palais.
Ah! ne puis-je savoir si j'aime ou si je hais?
Le cruel! de quel œil il m'a congédiée!
Sans pitié, sans douleur au moins étudiée!
L'ai-je vu s'attendrir, se troubler un moment *?
En ai-je pu tirer un seul gémissement?
Muet à mes soupirs, tranquille à mes alarmes,
Semblait-il seulement qu'il eût part à mes larmes?
Et je le plains encore! Et, pour comble d'ennui,
Mon cœur, mon lâche cœur s'intéresse pour lui!
Je tremble au seul penser du coup qui le menace!
Et, prête à me venger, je lui fais déjà grâce!
Non, ne révoquons point l'arrêt de mon courroux.
Qu'il périsse. Aussi bien il ne vit plus pour nous.
Le perfide triomphe et se rit de ma rage.
Il pense voir en pleurs dissiper cet orage,
Il croit que, toujours faible et d'un cœur incertain,
Je parerai d'un bras les coups de l'autre main.
Il juge encor de moi par mes bontés passées;
Mais plutôt le perfide a bien d'autres pensées.
Triomphant dans le temple, il ne s'informe pas
Si l'on souhaite ailleurs sa vie ou son trépas.
Il me laisse, l'ingrat, cet embarras funeste!
Non, non, encore un coup, laissons agir Oreste.
Qu'il meure, puisqu'enfin il a dû le prévoir,
Et puisqu'il m'a forcée enfin à le vouloir.
A le vouloir? Hé quoi, c'est donc moi qui l'ordonne?
Sa mort sera l'effet de l'amour d'Hermione?
Ce prince dont mon cœur se faisait autrefois,
Avec tant de plaisir, redire les exploits:
A qui même en secret je m'étais destinée
Avant qu'on eût conclu ce fatal hyménée;
Je n'ai donc traversé tant de mers, tant d'états,
Que pour venir si loin préparer son trépas?
L'assassiner, le perdre? Ah! devant qu'il expire...

SCENE II.

HERMIONE, CLÉONE.

HERMIONE.

Ah! qu'ai-je fait, Cléone? et que viens-tu me dire?
Que fait Pyrrhus?

CLÉONE.

Il est au comble de ses vœux,
Le plus fier des mortels et le plus amoureux.
Je l'ai vu, vers le temple où son hymen s'apprête,
Mener en conquérant sa nouvelle conquête;
Et, d'un œil où brillaient sa joie et son espoir,
S'enivrer en marchant du plaisir de la voir.
Andromaque, au travers de mille cris de joie,
Porte jusqu'aux autels le souvenir de Troie:
Incapable toujours d'aimer et de haïr,
Sans joie et sans murmure elle semble obéir.

HERMIONE.

Et l'ingrat, jusqu'au bout il a poussé l'outrage!
Mais as-tu bien, Cléone, observé son visage?
Goûte-t-il des plaisirs tranquilles et parfaits?
N'a-t-il point détourné ses yeux vers le palais?
Dis-moi, ne t'es-tu point présentée à sa vue?
L'ingrat a-t-il rougi lorsqu'il t'a reconnue?
Son trouble avouait-il son infidélité?
A-t-il jusqu'à la fin soutenu sa fierté?

CLÉONE.

Madame, il ne voit rien. Son salut et sa gloire
Semblent être avec vous sortis de sa mémoire.
Sans songer qui le suit, ennemis ou sujets,
Il poursuit seulement ses amoureux projets.
Autour du fils d'Hector il a rangé sa garde,
Et croit que c'est lui seul que le péril regarde.
Phœnix même en répond, qui l'a conduit exprès
Dans un fort éloigné du temple et du palais.
Voilà, dans ses transports, le seul soin qui lui reste.

HERMIONE.

Le perfide! il mourra. Mais que t'a dit Oreste?

CLÉONE.

Oreste, avec ses Grecs, dans le temple est entré.

HERMIONE.

Hé bien! à me venger n'est-il pas préparé?

CLÉONE.

Je ne sais.

HERMIONE.

Tu ne sais? Quoi donc! Oreste encore,
Oreste me trahit?

CLÉONE.

Oreste vous adore;
Mais de mille remords son esprit combattu,
Croit tantôt son amour, et tantôt sa vertu.
Il respecte en Pyrrhus l'honneur du diadème;
Il respecte en Pyrrhus Achille et Pyrrhus même.
Il craint les Grecs, il craint l'univers en courroux;
Mais il se craint, dit-il, soi-même plus que tous.
Il voudrait en vainqueur vous apporter sa tête;
Le seul nom d'assassin l'épouvante et l'arrête.
Enfin il est entré, sans savoir, dans son cœur,
S'il en devait sortir coupable ou spectateur.

HERMIONE.

Non, non, il les verra triompher sans obstacle;

---

* *Variante :*
Ai-je vu ses regards se troubler un moment!
Autre variante :
L'ai-je vu se troubler et me plaindre un moment?

Il se gardera bien de troubler ce spectacle.
Je sais de quels remords son courage est atteint :
Le lâche craint la mort, et c'est tout ce qu'il craint.
Quoi ! sans qu'elle employât une seule prière,
Ma mère en sa faveur arma la Grèce entière :
Ses yeux, pour leur querelle, en dix ans de combats,
Virent périr vingt rois qu'ils ne connaissaient pas;
Et moi, je ne prétends que la mort d'un parjure,
Et je charge un amant du soin de mon injure,
Il peut me conquérir à ce prix sans danger;
Je me livre moi-même et ne puis me venger?
Allons, c'est à moi seule à me rendre justice.
Que de cris de douleur le temple retentisse;
De leur hymen fatal troublons l'événement;
Et qu'ils ne soient unis, s'il se peut, qu'un moment.
Je ne choisirai point, dans ce désordre extrême :
Tout me sera Pyrrhus, fût-ce Oreste lui-même.
Je mourrai; mais au moins ma mort me vengera;
Je ne mourrai pas seule, et quelqu'un me suivra.

SCENE III.

ORESTE, HERMIONE, CLÉONE.

ORESTE.

Madame, c'en est fait, et vous êtes servie :
Pyrrhus rend à l'autel son infidèle vie.

HERMIONE.

Il est mort?

ORESTE.

Il expire. Et nos Grecs irrités
Ont lavé dans son sang ses infidélités.
Je vous l'avais promis; et, quoique mon courage
Se fît de ce complot une funeste image,
J'ai couru vers le temple où nos Grecs dispersés
Se sont jusqu'à l'autel dans la foule glissés.
Pyrrhus m'a reconnu; mais sans changer de face,
Il semblait que ma vue excitât son audace;
Que tous les Grecs, bravés en leur ambassadeur,
Dussent de son hymen relever la splendeur.
Enfin, avec transport prenant son diadème,
Sur le front d'Andromaque il l'a posé lui-même :
« Je vous donne, a-t-il dit, ma couronne et ma foi,
» Andromaque, régnez sur l'Épire et sur moi.
» Je voue à votre fils une amitié de père;
» J'en atteste les dieux, je le jure à sa mère.
» Pour tous mes ennemis je déclare les siens,
» Et je le reconnais pour le roi des Troyens. »
A ces mots qui du peuple attiraient le suffrage,
Nos Grecs n'ont répondu que par un cri de rage.
L'infidèle s'est vu partout envelopper,
Et je n'ai pu trouver de place pour frapper.
Chacun se disputait la gloire de l'abattre.
Je l'ai vu dans leurs bras quelque temps se débattre,
Tout sanglant à leurs coups vouloir se dérober;
Mais enfin à l'autel il est allé tomber.
Du peuple épouvanté j'ai traversé la presse,
Pour venir de ces lieux enlever ma princesse,
Et regagner le port où bientôt nos amis
Viendront couverts du sang que je vous ai promis.

HERMIONE.

Qu'ont-ils fait?

ORESTE.

Pardonnez à leur impatience.
Ils ont, je le vois bien, trahi votre vengeance.
Vous vouliez que ma main portât les premiers coups;
Qu'il sentît en mourant qu'il expirait pour vous.
Mais c'est moi dont l'ardeur leur a servi d'exemple.
Je les ai pour vous seule entraînés dans le temple,
Madame, et vous pouvez justement vous flatter
D'une mort que leurs bras n'ont fait qu'exécuter.
Vous seule avez poussé les coups...

HERMIONE.

Tais-toi, perfide;
Et n'impute qu'à toi ton lâche parricide.
Va faire chez tes Grecs admirer ta fureur;
Va, je la désavoue, et tu me fais horreur.
Barbare, qu'as-tu fait? Avec quelle furie
As-tu tranché le cours d'une si belle vie?
Avez-vous pu, cruels, l'immoler aujourd'hui,
Sans que tout votre sang se soulevât pour lui?
Mais parle. De son sort qui t'a rendu l'arbitre?
Pourquoi l'assassiner? Qu'a-t-il fait? A quel titre?
Qui te l'a dit?

ORESTE.

O dieux! Quoi! ne m'avez-vous pas
Vous-même, ici, tantôt, ordonné son trépas?

HERMIONE.

Ah! fallait-il en croire une amante insensée?
Ne devais-tu pas lire au fond de ma pensée?
Et ne voyais-tu pas, dans mes emportemens,
Que mon cœur démentait ma bouche à tous momens?
Quand je l'aurais voulu, fallait-il y souscrire?
N'as-tu pas dû cent fois te le faire redire?
Toi-même, avant le coup, me venir consulter?
Y revenir encore, ou plutôt m'éviter?
Que ne me laissais-tu le soin de ma vengeance?
Qui t'amène en des lieux où l'on fuit ta présence?
Voilà de ton amour le détestable fruit.
Tu m'apportais, cruel, le malheur qui te suit.
C'est toi dont l'ambassade, à tous les deux fatale,
L'a fait, pour son malheur, pencher vers ma rivale.
Nous le verrions encor nous partager ses soins;
Il m'aimerait peut-être, il le feindrait du moins.
Adieu. Tu peux partir, je demeure en Épire;
Je renonce à la Grèce, à Sparte, à son empire,
A toute ma famille. Et c'est assez pour moi,
Traître, qu'elle ait produit un monstre tel que toi.

SCENE IV.

ORESTE, *seul.*

Que vois-je? est-ce Hermione? et que viens-je d'enten- [dre?
Pour qui coule le sang que je viens de répandre?
Je suis, si je l'en crois, un traître, un assassin.
Est-ce Pyrrhus qui meurt, et suis-je Oreste enfin?
Quoi! j'étouffe en mon cœur la raison qui m'éclaire,
J'assassine à regret un roi que je révère,
Je viole en un jour les droits des souverains,
Ceux des ambassadeurs et tous ceux des humains,
Ceux même des autels où ma fureur l'assiége,
Je deviens parricide, assassin, sacrilége :
Pour qui? pour une ingrate à qui je le promets;
Qui même, s'il ne meurt, ne me verra jamais,

Dont j'épouse la rage, et quand je l'ai servie,
Elle me redemande et son sang et sa vie !
Elle l'aime, et je suis un monstre furieux !
Je la vois pour jamais s'éloigner de mes yeux,
Et l'ingrate, en fuyant, me laisse pour salaire,
Tous les noms odieux que j'ai pris pour lui plaire !

SCENE V.

ORESTE, PYLADE, SOLDATS D'ORESTE.

PYLADE.

Il faut partir, seigneur. Sortons de ce palais,
Ou bien résolvons-nous de n'en sortir jamais.
Nos Grecs, pour un moment, en défendent la porte;
Tout le peuple assemblé nous poursuit à main forte.
Aux ordres d'Andromaque ici tout est soumis,
Ils la traitent en reine, et nous comme ennemis.
Andromaque elle-même, à Pyrrhus si rebelle,
Lui rend tous les devoirs d'une veuve fidèle,
Commande qu'on le venge, et peut-être qu'encor
Elle poursuit sur nous la vengeance d'Hector.
Allons. N'attendons pas que l'on nous environne,
Nos Grecs nous rejoindront. Et tandis qu'Hermione
Tient encor le peuple autour d'elle arrêté,
Voilà notre chemin, marchons de ce côté.

ORESTE

Non, non, c'est Hermione, ami, que je veux suivre,
A son dernier arrêt je ne puis plus survivre;
Partez; j'ai fait le crime, et je vais l'expier.

PYLADE.

Hermione, seigneur? il la faut oublier.
Quoi! toujours l'instrument et l'objet de sa rage,
Cherchez-vous chez les morts quelque nouvel outrage?
Et, parce qu'elle meurt, faut-il que vous mouriez?

ORESTE.

Elle meurt? Dieux! qu'entends-je?

PYLADE.

Eh quoi! vous l'ignoriez?
En rentrant dans ces lieux, nous l'avons rencontrée
Qui courait vers le temple, inquiète, égarée.
Elle a trouvé Pyrrhus, porté par des soldats,
Que son sang excitait à venger son trépas.
Sans doute à cet objet sa rage s'est émue.
Mais du haut de la porte enfin nous l'avons vue,
Un poignard à la main, sur Pyrrhus se courber,
Lever les yeux au ciel, se frapper et tomber.

ORESTE.

Grâce aux Dieux, mon malheur passe mon espérance!
Oui, je te loue, ô ciel, de ta persévérance.
Appliqué sans relâche au soin de me punir,
Au comble des douleurs tu m'as fait parvenir.
Ta haine a pris plaisir à former ma misère.
J'étais né pour servir d'exemple à ta colère,
Pour être du malheur un modèle accompli.
Hé bien! je meurs content et mon sort est rempli.
Où sont ces deux amans? Pour couronner ma joie,
Dans leur sang, dans le mien, il faut que je me noie:
L'un et l'autre, en mourant, je les veux regarder.
Réunissons trois cœurs qui n'ont pu s'accorder.
Mais quelle épaisse nuit tout-à-coup m'environne?
De quel côté sortir? d'où vient que je frissonne?
Quelle horreur me saisit? Grâce au ciel j'entrevoi...
Dieux! quels ruisseaux de sang coulent autour de moi!

PYLADE.

Ah! seigneur...

ORESTE.

Quoi, Pyrrhus, je te rencontre encore!
Trouverai-je partout un rival que j'abhorre?
Percé de tant de coups, comment t'es-tu sauvé?
Tiens, tiens, voilà le coup que je t'ai réservé.
Mais que vois-je? A mes yeux Hermione l'embrasse!
Elle vient l'arracher au coup qui le menace!
Dieux! quels affreux regards elle jette sur moi!
Quels démons, quels serpens traîne-t-elle après soi?
Hé bien, filles d'enfer, vos mains sont-elles prêtes?
Pour qui sont ces serpens qui sifflent sur vos têtes?
A qui destinez-vous l'appareil qui vous suit?
Venez-vous m'enlever dans l'éternelle nuit?
Venez, à vos fureurs Oreste s'abandonne.
Mais non, retirez-vous, laissez faire Hermione;
L'ingrate mieux que vous saura me déchirer;
Et je lui porte enfin mon cœur à dévorer*.

Il tombe dans les bras de Pyllade.

PYLADE.

« Il perd le sentiment. Amis, le temps nous presse,
» Ménageons les momens que ce transport nous laisse,
» Sauvons-le; nos efforts deviendraient impuissans,
» S'il reprenait ici sa rage avec ses sens. »

* La pièce finit ordinairement à ce vers.

FIN D'ANDROMAQUE.

Collationnée sur la brochure de la Comédie-Française, le 1er janvier 1839. — Durée, 2 heures 1/4.

NOTA. On a observé, dans l'impression, l'ordre des places des personnages, en commençant par la gauche des spectateurs. Les changemens de places, dans le cours des scènes, sont tous indiqués.

PARIS. — IMPRIMERIE DE Ve DONDEY-DUPRÉ,
Rue Saint-Louis, n° 46, au Marais.

AVIS.

Nous croyons être agréable à nos nombreux abonnés en publiant sous le titre de MAGASIN THÉATRAL (*chefs-d'œuvre du Théâtre-Français*), un choix des meilleures pièces de ce répertoire; cette nouvelle publication se vendra par pièces détachées.

EN VENTE:

Le Tartufe.	8 sous.	**Cinna.**	8 sous.
Andromaque.	8	**Le Mariage de Figaro.**	8

CHEZ LE MÊME ÉDITEUR,

50 centimes la Livraison,

GALERIE

DES

FEMMES DE WALTER SCOTT,

Collection de quarante-deux portraits de femmes gravés par les premiers artistes de Londres, accompagnés chacun d'un portrait littéraire par *MM. Alexandre Dumas, Carmouche, Edouard Monnais, Emile Souvestre, Frédéric Soulié, Frédéric de Courcy, Hippolyte Rolle, Jules Janin, Louis Reybaud, Lafitte, Michel Masson, Paul Duport; Mmes Ancelot, Amable Tastu, Belloc, Desbordes-Valmore, Elisa Woïart, Louise Colet, Pauline Duchambge.*

Cette galerie est publiée en 42 livraisons, composées chacune d'un portrait gravé et d'un portrait littéraire sur format grand in-8° vélin.

Il paraît une ou deux livraisons le samedi de chaque semaine.

PRIX DE CHAQUE LIVRAISON, A PARIS, 50 C.

La collection forme un magnifique volume, que l'on peut se procurer complet comme Keepsake de 1839, broché, 22 fr.; cartonné, 25 fr.; reliure de luxe en maroquin doré, 32 fr.

OEUVRES COMPLÈTES

DE SHAKSPEARE,

Cette nouvelle traduction des Œuvres complètes de Shakspeare, par *Benjamin Laroche*, sera publiée en 44 livraisons.

Chaque livraison contiendra un drame ou une comédie en 5 actes, ornée d'une gravure sur bois ou d'une vignette sur acier. Les pièces contenant 3 feuilles de texte et au-delà compteront pour deux livraisons et seront acccompagnées d'une seconde gravure.

Il paraît une livraison le 1er et le 15 de chaque mois.

CHAQUE LIVRAISON A PARIS, 50 C. PAR LA POSTE, 65 C.

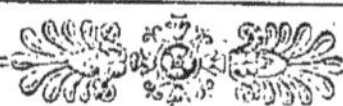

www.ingramcontent.com/pod-product-compliance
Ingram Content Group UK Ltd.
Pitfield, Milton Keynes, MK11 3LW, UK
UKHW021153230726
13926UKWH00001B/76